SAUVÉE PAR LES BERSERKERS

LEE SAVINO

LIVRE GRATUIT

Obtenez un livre secret sur les Berserkers, Imprégnée par les Berserkers (seulement pour les extraordinaires fans de la liste d'emails de Lee) Pour commencer, rendez-vous ici…
https://geni.us/BredBerserkerFR

SAUVÉE PAR LES BERSERKERS

Une courte romance autonome de métamorphes torrides, mettant en scène un énorme guerrier dominant et la femme qu'il revendique comme étant la sienne.

Knut :

Je suis un guerrier Berserker, l'un des meilleurs de la meute. Alors, quand les Alphas m'envoient en mission, rien ne peut m'empêcher de traquer nos ennemis et de les amener devant la justice.

Jusqu'à ce que Noisette se heurte à mon chemin...

Une fleur dans le désert, elle est jeune et fragile, et effrayée. Elle fuit le sorcier malfaisant qui veut profiter de son pouvoir.

Elle est à moi. Simplement, elle ne le sait pas encore.

KNUT

— *J*e n'aime pas cet endroit.
Leif se tenait à mes côtés, la hache levée,
prêt à frapper un ennemi invisible.

Je grognai, en accord avec lui, et je fronçai les sourcils
devant la zone déserte, un enchevêtrement de maquis et de
ronces. La forêt avait laissé place à un sol sablonneux, et les
quelques arbres restants étaient tordus et déformés, leurs
racines apparentes blanchies.

— Il y a quelque chose de mauvais dans l'air, continua le
guerrier roux. Je ne souhaite pas m'attarder.

— Moi non plus, lui dis-je. Mais nous persévérons jusqu'à
ce que nous trouvions les traîtres.

Nous avions traqué trois loups qui avaient dérobé
quelque chose à la meute. Ces voleurs nous avaient conduits
au travers d'une joviale poursuite pendant les quelques jours
et nuits précédents, et nous étions éreintés, fatigués par le
voyage, et notre humeur s'effilochait.

Le vent faisait s'entrechoquer les arbres, un bruit qui
ressemblait au cliquetis d'os entre eux.

— Quelle est cette odeur dans la brise ? demanda Leif en levant sa tête et en reniflant.

Je fis la même chose et nous manquâmes tous les deux d'avoir un haut-le-cœur.

— Quelque chose est mort, toussai-je.

— Des corps, accorda Leif. De la viande en décomposition. Pas étonnant que les voleurs se soient cachés ici. Personne n'irait près de cet endroit si c'est possible de l'éviter.

— Continuons notre chemin, indiquai-je en faisant un geste au reste des combattants, un groupe de vingt hommes, tous lourdement armés.

— Écoute... commença Brokk, une brute aux cheveux bruns, en levant un doigt. Entends-tu ça ?

Après une pause, nous le perçûmes tous comme lui.

— Le silence, dit Leif. Aucun oiseau.

— Rolf a des nouvelles, dit Brokk en hochant de la tête en direction d'un grand loup gris qui trottait vers nous.

Il bondit sur un caillou pour s'adresser à notre groupe de guerriers.

— *J'ai exploré vers l'avant*, rapporta le loup, parlant dans nos esprits via les liens de la meute. *Il y a une clairière rocheuse près du pied de la colline où fourmillent de nombreux draugr.*

— Des draugr ? répéta Leif en fronçant les sourcils. Je n'ai pas entendu ce mot depuis que nous avons quitté les Terres du Nord.

Rolf nous partagea une image des draugr, des hommes à la peau grise et aux visages inexpressifs.

— *Ils puent*, commenta le loup en éternuant. *Il y en a beaucoup et ils semblent garder une grotte. Je perçois une puissante magie corrompue.*

— Qu'importe la sorcière ou le sorcier qui a créé ces êtres, il ou elle a dû faire de cette caverne sa maison, devina Leif.

— Un tel mal devrait être anéanti, murmura un autre combattant et quelques autres furent d'accord.

— Que faisons-nous ? demanda Leif. Les Alphas s'attendant à ce que nous trouvions les voleurs.

J'envisageai ma réponse. En l'absence des Alphas, c'était ma décision. Une part de moi hurlait de nous précipiter dans la bataille, mais je ne le ferais pas. J'accordais de l'importance aux vies de ces hommes et les considérais comme mes amis, bien que je fusse prudent de ne pas baisser ma garde à côté d'eux.

— *Les traîtres sont proches*, dit Rolf. *J'ai surpris leur odeur dans les bois avant de tomber sur les créatures puantes autour de la grotte.*

— Nous poursuivons notre quête, dis-je. Si notre chemin croise ces créatures, nous nous battrons. D'ici là, nous demeurons sur la trace de ces trois traîtres. *Nous pouvons continuer dans la forêt et contourner la caverne, pour éviter ces draugr.*

Faisant un geste au loup, je laissai Rolf ouvrir la marche. Le reste de la meute suivit rigoureusement sur mes talons. Nous traquâmes avec la discrétion des loups, nous déployant dans les bois, utilisant le lien de nos esprits pour continuer dans la bonne direction. Notre route nous mena près de la clairière sablonneuse qu'avait vue Rolf. Au-delà d'un fin paravent d'arbres se trouvaient des centaines d'hommes aux visages cireux, des corps ratatinés presque jusqu'à n'être plus que peau et os. Qu'importe le sorcier qui avait animé ces êtres, il ne gardait pas en bonne santé ses serviteurs. Les hommes ressemblaient à des corps en marche. Peut-être qu'ils l'étaient.

— *Ça explique la puanteur,* commenta Leif en venant à mes côtés, ses yeux brillants d'une lueur surnaturelle.

C'était un indice montrant que sa bête était proche de la surface, prête à se libérer.

3

Je touchai le bras du roux et lui fis signe de me suivre pour retourner dans les bois épais où il n'y avait aucune chance que les corps en marche nous sentent les observer.

— *Nous pourrions tous les tuer,* commenta Leif. *Cela pourrait prendre des jours, mais nous pourrions le faire.*

— *Nous ne connaissons pas cette menace. Ce n'est pas sage de provoquer un combat.*

— *Est-ce que le grand guerrier Knut fuit la bataille ?*

Je lui lançai un regard furieux et il me le renvoya, fixant mes yeux pendant une longue seconde avant de baisser les siens pour admettre mon autorité comme étant le loup le plus fort.

— *Je ne suis pas un lâche, Leif. Défie-moi encore, et je te prouverai ma domination. Mais d'abord, allons trouver les voleurs et rapportons-les aux Alphas pour leur châtiment.*

Leif fit un mouvement brusque de la tête pour montrer son accord. Je laissai passer son insolence. Les tensions étaient fortes et l'ennemi était près. Les situations comme celles-ci testaient la hiérarchie de la meute. Si nous revenions à la maison en vie et qu'il voulait toujours se battre, je lui donnerai satisfaction.

Nous augmentâmes notre allure pour rattraper le reste des combattants.

— *J'ai perdu la trace,* gémit Rolf en courant avec son nez proche du sol, s'arrêtant pour éternuer par intervalles. *Maudits draugr puants.*

— *Je peux l'aider,* proposa Leif me regardant à peine pour avoir ma permission, avant de mettre ses armes de côté et d'enlever ses vêtements.

— Attends, dis-je tout haut avant que Leif puisse réaliser la Transformation en loup. Nous ne savons pas si les corps peuvent sentir la magie.

Leif grogna pour répondre. Il s'en moquait. Il souhaitait provoquer les êtres, il voulait se battre.

Habituellement, j'aurais été d'accord. Il y avait trop en jeu.

— Nous devons nous concentrer, dis-je. Les trois voleurs nous ont menés ici. Pourquoi ?

— Ils espéraient que la puanteur de ces êtres nous déroute par rapport à la trace, devina un autre guerrier, un Viking aux larges épaules appelé Thorbjorn.

— Mais ils ont sous leur garde le trésor le plus précieux de la meute. Ils ne risqueraient pas de s'approcher autant du mal, commentai-je en secouant la tête.

— *Knut a raison*, dit Rolf. *Les voleurs ne voudront pas demeurer dans cet endroit. Peut-être qu'ils sont arrivés par accident et essayent à présent de nous éviter, ainsi que le mal.*

— Pourquoi restons-nous ici à parler quand nous pourrions tuer ces choses ? questionna Leif d'une voix plus gutturale.

— Ça ne te ressemble pas d'avoir hâte de combattre, dis-je à Leif.

La proximité de l'ennemi provoquait l'humeur du roux.

— Ça ne te ressemble pas de fuir d'un combat, cracha-t-il en retour.

Je lui grognai dessus.

Mon corps me démangeait, prêt pour la Transformation. Je résistai. Si je m'abandonnais à ma magie maintenant, avec une grande menace si proche, je ne me changerais pas sous la forme de loup, mais sous ma troisième forme, celle de la bête. La bête était puissante, mais dangereuse. Une arme de dernier recours.

— *Contrôle-toi*, ordonnai-je, ce qui fut comme un fouet au travers des liens de la meute et tous les combattants se redressèrent.

— La magie malfaisante nous affecte, dis-je tout fort à la horde. Nous devons partir d'ici, avant qu'elle ne provoque la rage des Berserkers.

La poitrine de Leif se leva et retomba, mais il avait remis ses bottes et réclama ses armes.

— *Pardon, Knut*, s'excusa-t-il en privé à mon attention.

La lueur dans ses yeux s'estompa alors qu'il récupérait l'emprise sur sa bête.

— *J'ai trouvé la trace*, nous informa Rolf.

— En avant, commandai-je.

Nous n'allâmes pas plus loin que quelques pas, quand quelque chose s'écrasa dans la forêt devant nous. Je lançai ma main en l'air pour empêcher Leif de foncer vers l'avant. La meute entière souffla dans mon cou en se stoppant.

— *Quelque chose vient dans cette direction*, s'exclama Leif en se raidissant, sa main sur son nez, anticipant la puanteur.

Je reniflai l'air et clignai des yeux. Au lieu de l'odeur de corps, un léger parfum floral remplit mon nez.

L'instant suivant, je marchai en avant, ma hache et mon bouclier pendant en direction du sol.

— Knut, m'appela Leif. Que fais-tu ? Tu pourrais te diriger dans un piège.

Je l'entendis à peine. Plus que tout, je voulais jeter mes armes sur le côté et courir vers la source de ce délicieux effluve. Mes muscles se serrèrent. J'avais besoin de filer. J'avais besoin de chasser. Ma bite remua dans ma culotte. J'avais besoin de m'accoupler.

La douce odeur se mêla à la brise de pourriture et je m'ébrouai, sortant de mon hébétement.

— Knut ? Qu'est-ce ? demanda Brokk.

— Quelque chose est là-bas... répondis-je. Et pas l'un de ces corps. Quelque chose est encore en vie.

— Veux-tu que je l'examine ? proposa Leif.

Je grognai. Nous devions savoir vers quel danger nous marchions. Mais je souhaitais y aller seul, pour voir si je pouvais trouver et revendiquer le prix à la douce odeur.

— Attendez ici, lançai-je en commençant à avancer.

Je n'avais fait que deux pas avant qu'une petite forme sorte des arbustes devant nous et dérape pour s'arrêter. La silhouette était menue, à l'apparence délicate, avec un visage plaisant et des cheveux châtain-brun. La jeune femme cria quand elle nous vit, levant les bras au ciel, elle tenait une sorte de bâton, et elle courut dans la direction d'où elle venait.

NOISETTE

*J*e courus aussi rapidement que me portaient mes jambes. À ma suite, les horribles créatures, serviteurs du Roi Cadavre, firent une embardée derrière moi.

Je pourrais peut-être être capable de les distancer, mais elles avaient davantage que la vitesse comme arme.

Ma tête palpitait, les résultats persistants du sortilège qu'elles avaient jeté sur moi.

— *Fatiguée. Gelée. Piégée.*

Le sort fonctionnait tel un filet invisible, me ralentissant. Mes jambes devinrent aussi molles que mon esprit.

— *S'il vous plaît*, priai-je à la déesse. *S'il vous plaît.*

Ma main gauche pressa le bout de bâton de la sorcière contre mon cœur, souhaitant qu'il m'aide.

Alors que j'atteignis l'orée de la forêt, je pris de la vitesse et courus à travers des buissons, déboulant directement sur la route d'un groupe de combattants.

Les hommes se figèrent, en me fixant. Je hurlai. Les Hommes Gris me pourchassaient et des guerriers bloquaient mon chemin. Le grand à l'avant, un blond à forte carrure avec une large hache malfaisante, fit un pas en avant.

Je partis en flèche, des branches fouettant mes mollets. Mon souffle sanglota dans ma gorge alors que je m'enfuis, priant à présent que ces hommes ne suivirent pas.

KNUT

*D*es branches cassées se balancèrent dans le sillage de la femme. Les guerriers se mirent tous à parler tous en même temps.

— *Qui était-ce ?*

— *Une femme !*

— *Était-ce ce que tu as senti ?*

Quelques-uns voulurent se Transformer en loups, gémissant d'excitation pour se mettre à courir et à chasser.

— Patientez, criai-je. Les ennemis se trouvent devant.

La meute protesta contre mon ordre, mais en tant que loup le plus dominant, je les retins avec mon pouvoir.

Ma propre bête vrombissait de vie, luttant pour prendre le contrôle. La femme était pieds nus, effrayée, ne portant rien de plus qu'un fin linge blanc, un simple fourreau qu'elle devait revêtir pour dormir. Elle ne devrait pas être dehors dans la nature, près des draugr repoussants. Elle avait besoin d'aide.

Elle avait besoin de moi.

— Elle sent les fraises, dit Leif ébahi.

De tous les loups, il était presque assez fort pour transgresser mes ordres. Étourdi, il voulut faire un pas en avant et je me tournai en grognant.

— Non. Cette proie est la mienne.

NOISETTE

*M*on changement de direction m'amena à nouveau dans la forêt, sur le chemin des Hommes Gris. Je déviai encore, trouvant refuge dans un nœud de broussailles de pin au bord de la grande clairière sablonneuse, beaucoup trop près de la grotte dont je m'étais enfuie, pour que ce soit confortable. Je me baissai derrière un rocher pour reprendre mon souffle.

Je ne savais pas où aller, où fuir. Les Hommes Gris étaient partout. Ils m'avaient talonnée depuis que je m'étais échappée de la caverne où leur maître, le Roi Cadavre, un mage avec suffisamment de pouvoir pour faire de ces horribles créatures ses serviteurs, dormait dans un état envoûté.

Le Roi Cadavre avait vidé de tout son sang mon amie Sari. Si je ne m'étais pas enfuie, j'aurais été la suivante.

Un bruit sifflant m'indiqua que les Hommes Gris se rapprochaient de ma cachette. Je m'accroupis, tremblante. Le bout de bâton dans ma main appartenait à la sorcière et bien qu'il me fût venu en aide comme par magie, je n'avais pas d'arme. Mon existence à l'abbaye, travaillant au métier à tisser avec les autres orphelines et m'occupant du jardin, avait tanné mes membres et les avait renforcés, mais cela ne m'avait pas préparé à défendre ma vie.

J'agrippai plus fort le bout de bois sculpté, prête pour la lutte finale. Les Hommes Gris ne me traîneraient pas à nouveau vers le Roi Cadavre sans que je me batte.

Au moins, le mal de tête que m'avaient causé les créatures était parti. Il s'était volatilisé à l'instant où j'avais posé mes yeux sur le grand guerrier menant le groupe d'hommes dans la forêt. Son sourcil s'était plissé quand il m'avait vue, son corps entier pressé d'impatience de courir après moi, même quand il avait levé une main pour dire à ses hommes de rester en arrière. Peu importe ce qui avait donné envie à mes pieds de me précipiter vers lui et de m'abriter dans le refuge de ses bras, je savais qu'il l'avait aussi senti.

Au-delà du rocher, un son sifflant annonça l'approche des Hommes Gris. Ils me cherchaient en ratissant la zone sableuse, et ils arriveraient bientôt à ma cachette.

Une ombre tomba sur moi alors que je me redressais pour courir. Je me tournai pour faire face à la menace.

Le combattant blond se profilait au-dessus de moi. Mon cœur s'arrêta alors que je levai les yeux, tendant mon cou aussi loin qu'il irait. Larges tel un chêne, ses muscles crispés étiraient son justaucorps en cuir et sa culotte. Il portait toujours sa hache et son bouclier, pourtant ses bruits de pas étaient légers et silencieux comme ceux d'un prédateur.

Il vint plus près à grandes enjambées et je laissai sortir un couinement.

— Que fais-tu là petit lapin ? questionna-t-il alors que ses yeux chauds et dorés me transperçaient.

Je reculai, me rapprochant doucement du rocher. En cet instant, le guerrier sembla être davantage une menace que les Hommes Gris.

Il déposa ses armes, la main déployée alors qu'il avançait.

— Doucement, doucement, ronronna-t-il presque.

Le son apaisa la pression de ma colonne.

— Nous devons partir de cet endroit, fille. Tu n'es pas en sécurité.

Sa grande main, rugueuse et balafrée, se tendit vers moi. Un autre pas et il m'aurait dans son étreinte.

— Non, paniquai-je en titubant en arrière.

— Stop, dit-il d'un ton sec presque déformé par l'injonction.

Il avait un pouvoir sur moi, je voulais faire exactement ce qu'il disait. Mais j'en avais fini avec les ordres provenant d'hommes.

Il s'avança brusquement vers moi et je me jetai hors d'atteinte, directement dans les mains froides et mortes des Hommes Gris.

KNUT

Un grognement éclata dans ma poitrine alors que ma femme courait directement dans l'étreinte de l'ennemi. Le draugr siffla de triomphe, des doigts gris cadenassant ses adorables bras dans une emprise douloureuse, la tirant en arrière, loin de moi.

Elle hurla et ma vision devint rouge.

J'attrapai ma hache et je chargeai.

Les créatures me lancèrent des regards vides de surprise, juste avant que je leur tranche leurs têtes. L'horrible bruit sifflant s'arrêta quand la lame fendit leurs cous, aussi facilement que d'arracher sèchement des pétales morts d'une fleur. Du liquide jaillit de leurs gorges alors qu'ils s'affaissaient. Je chancelai en arrière à la puanteur.

La femme cria une nouvelle fois, maintenant couverte de sang, et lutta pour se retirer de l'emprise des hommes décédés. Les corps sans tête étaient toujours agrippés à elle, mais je les percutai avec mon bouclier et leur envoyai un coup de pied pour les faire relâcher ma femme.

Des doigts décharnés saisirent mes bras, me tirant en arrière, et je rugis en les détachant de moi. Les êtres cadavériques avaient la peau moite au toucher et sentaient encore pire quand leurs corps se fendaient. Leur carcasse en décomposition ne donnerait pas envie à un loup affamé.

Les corps s'empilaient à mes pieds, je hurlai de triomphe. Ce serait une bataille dont les bardes pourraient faire mon éloge.

— Attention, cria la femme.

Je tourbillonnai juste à temps pour éviter une épée. La lame rouillée fondit au-dessus de ma tête. Je la saisis de ma main nue et la tirai d'un coup sec hors de l'emprise du draugr, avant d'intervenir pour le tuer. J'avais perdu mon bouclier, mais ma hache ne fit qu'une bouchée du draugr en le coupant en lambeaux en une pile de membres grisâtres.

Un petit cri d'exclamation me fit me retourner.

La femme se tenait en me fixant, empoignant un morceau de bois contre sa poitrine comme un bébé. Elle avait hurlé pour me sauver, ignorant que les Berserkers ne sentaient rien dans le feu de la bataille, ni douleur ni peur.

Davantage d'Hommes Gris se rapprochèrent de nous alors que j'attrapais son poignet, l'attirant plus près.

— Viens. Nous devons courir.

Elle regarda ma main avec horreur. Du sang gouttait de ma paume, mais la blessure avait déjà commencé à se fermer, le pouvoir de guérison des Berserkers au travail. Mais ce n'était pas la raison pour laquelle elle était ébranlée.

De la fourrure avait poussé sur mon bras et mes doigts se terminaient en griffes aiguisées, le début de la Transformation en bête.

Je l'attirai à moi et elle lutta, frappant, jusqu'à ce que je la jette sur mes épaules.

La maintenant d'une main, j'empoignai ma hache de l'autre et je courus.

NOISETTE

*M*e souffle manqua, m'empêchant de crier. Les mains cramponnées sur le dos du guerrier, je levai suffisamment la tête pour voir les Hommes Gris ramper derrière nous. Le combattant se précipita dans la forêt, en se déplaçant plus rapidement que ce qui était possible pour un humain.

Il avait saisi la lame dans sa paume. Il avait détruit les serviteurs du Roi Cadavre avec une force et une vitesse surhumaines, et pendant un bref instant, j'avais aperçu la forme d'une bête sous celle de l'homme, le monstre attendant de se libérer.

Quiconque était mon ravisseur, il était davantage qu'un humain.

Alors que mon souffle me revenait, je commençai à lutter. Tenant toujours le bâton de la sorcière, ma main gauche l'empoignant si fort qu'il ne pourrait sans doute jamais m'être arraché, je tapai le guerrier avec mes jambes. Sa main frappa alors mon cul.

— Arrête ça, grogna le combattant.

Il plongea dans un ruisseau et pataugea en avant. Quand il

atteignit un bassin plus profond, il me balança vers le bas. Je criai, bougeant vivement dans l'eau gelée.

Il m'attrapa dans ses bras sauvagement puissants, un bras autour de ma taille et une main sur ma bouche.

— Tais-toi, grinça-t-il dans mon oreille. Nous devons laver nos corps de l'odeur des carcasses vivantes. De cette façon, ils ne pourront pas nous traquer.

Mes dents se heurtèrent sous la paume scellant mes lèvres, mais je me détendis.

— Bonne fille, murmura-t-il. Tout va bien aller. Je ne les laisserai pas te prendre.

Mes jambes furent presque engourdies lorsqu'il me balança en l'air dans ses bras et pataugea hors du bassin. L'eau glaciale ne sembla pas l'affecter.

Trop refroidie et bouleversée pour hurler, je me cramponnai à lui, une source de chaleur au moins. Je pouvais lutter et crier, mais personne à part les Hommes Gris ne m'entendrait. Qu'importe ce qu'était ce guerrier, j'étais coincée avec lui jusqu'à pouvoir m'échapper.

Désespérée de me réchauffer, je pressai mon visage sur la chair chaude à la base de sa gorge, juste au-dessus du col de son justaucorps. Mon corps trembla contre sa poitrine massive.

Le combattant marcha à grands pas au travers des bois, me portant comme si je ne pesais pas plus qu'un duvet de pissenlit.

— Qu'étaient ces choses ? murmura-t-il.

— Je ne sais pas, répondis-je en claquant des dents. Ils m'ont amenée dans la grotte pour que leur maître puisse me vider de mon sang.

Un grognement gronda sous mon oreille, mais il n'était pas adressé à moi. Il m'attira plus près.

— As-tu aperçu le sorcier qui les a créés ?

— Le Roi Cadavre. Oui, je l'ai vu.

Il ressembla à un corps, enveloppé dans un linge funé-
raire, reposant sur un bloc de pierre avec son armure à côté,
prêt pour le moment où il se lèverait à nouveau et dirigerait
les troupes victorieuses de ses Hommes Gris.

— Il dort encore. Les serviteurs nous ont amenées là
comme sacrifice pour le libérer.

— Nous ? Ils en ont capturé plus que toi ?

Brutalement, le guerrier changea de trajectoire, fonçant
plus rapidement entre les arbres géants.

— Oui.

Je ne sus pas pourquoi je lui disais ça, ou pourquoi je me
sentais tellement en sécurité dans ses bras. Je ne connaissais
même pas son nom.

— Il y avait une autre jeune femme avec moi, nommée
Fleur. S'il vous plaît, vous devez l'aider.

Le combattant jura et se mit à courir, ce qui floutta le
paysage autour de nous.

Je glissai un bras autour de ses épaules pour m'accrocher
plus fermement. Il arborait un léger froncement de sourcils
alors qu'il serpentait entre les arbres. Si je l'avais rencontré à
un marché de village, j'aurais pensé qu'il était un homme en
chair et en os, un soldat endurci, un mercenaire même, mais
qui suivait un code d'honneur. Peut-être que je pouvais lui
faire confiance.

— *Tu* peux, dit sa voix directement dans ma tête.

Un autre signe qui montrait que j'hallucinais. Le combattant ne me regarda même pas, observant plutôt en avant, vers
le sentier.

Agrippant le bâton, je fis la même chose et hurlai quand
un loup géant bondit sur notre chemin.

— Chut, fille, c'est seulement Rolf, indiqua le guerrier qui
me portait en s'arrêtant net sur ses pas pour parler au loup.
Mais où sont les autres ?

— Knut, dirent deux combattants en apparaissant, émergeant des arbres.

L'un avait des cheveux marron avec d'épais sourcils noirs, le deuxième était roux.

— Nous avons été séparés quand un groupe de *draugr* a attaqué. Qui est cette femme ?

Ils me regardèrent bouche bée.

— Peu importe, leur répondit Knut. Les voleurs que nous recherchions, ils ont perdu leur proie. Fleur, la femme-spae, est dans la caverne avec le mage endormi qui a créé ses choses grises.

— Les Hommes Gris, corrigeai-je doucement, et il m'entendit.

— Rassemble la meute pour attaquer ces draugr, ces Hommes Gris, commanda Knut.

— Que vas-tu faire ?

— Mettre celle-ci en sécurité, déclara-t-il alors que ses bras se serraient autour de moi.

— Tu défies les ordres de l'Alpha ? questionna celui aux cheveux bruns, en fronçant les sourcils. Tu devais nous guider pour traquer les traîtres.

La réaction de Knut vint en un grognement grave.

Le guerrier à la chevelure marron leva ses mains et recula. Le loup et lui trottèrent en s'en allant, mais le roux s'arrêta.

— Qui est-elle ?

— Elle est à moi, répondit Knut en grognant, ce qui envoya des picotements de haut en bas de ma colonne.

KNUT

*A*lors que Leif, Brokk et Rolf retournaient en courant vers la mêlée, je fixai le cap vers l'ouest. La montagne que ma meute considérait comme une maison était à plusieurs lieues de cet endroit malfaisant et nauséabond. Ma femme ne serait pas en sécurité jusqu'à y être avec moi, protégée par la horde entière et vivant dans l'abri que j'avais construit pour elle. Elle ne serait pas en sécurité jusqu'à ce que je l'aie marquée comme mienne.

Elle était à moi, puisque je l'avais revendiquée, bien qu'elle ne le sût pas encore.

— Mes guerriers y retourneront. Ils sauveront ton amie. Elle fait partie de notre meute et nous a été enlevée il y a plusieurs jours. Nous l'avons cherchée et la trace nous a menés à toi.

Un trésor imprévu. Un cadeau de la déesse que je n'abandonnerai jamais. Moi, Knut, un combattant jusqu'au bout des ongles, désobéissant à l'ordre de mon chef. Je la sauverais et accepterais la punition de mon Alpha.

Nous atteignîmes à nouveau la rivière et elle se débattit.

— Pose-moi. Je souhaite marcher.

— Nous voyagerons plus vite si je te porte, dis-je en la tenant fermement. En plus, tu n'as pas de chaussures.

—Je ne te connais pas, déclara-t-elle en pressant ses mains contre ma poitrine. Je ne veux pas partir avec toi.

Je vis à nouveau rouge et résistai pour garder le contrôle. Attendre si longtemps la femme qui briserait la malédiction, seulement pour y succomber maintenant, ce ne serait pas supportable. Je devais contenir la bête.

— Stop, petite. Tu ne penses pas clairement. Tu es sous le choc, grognai-je.

Elle lutta de manière plus poussée et je la jetai sur mon épaule, mitraillant ses douces fesses de quelques gifles nettes.

La bête à l'intérieur éclata au grand jour. Elle voulait la marquer, déchirer sa chair, goûter son sang, causer une blessure qui laisserait une cicatrice et qui montrerait à tout le monde qu'elle était ma possession.

Je serrai les dents, résistant à l'envie de me transformer en monstre.

Une douleur aiguë fleurit dans mon dos. Je hurlai et la balançai au sol. Elle recula, tenant toujours le morceau en écharde du bâton avec lequel elle m'avait poignardé.

— Pas de ça, dis-je en chargeant, arrachant aisément le bout de bois sculpté.

Je le jetai de côté. En un éclair, je fus devant elle, tombant sur un genou et l'attirant dessus. Ses mains heurtèrent le sol alors que ma paume se rapprochait de son délicieux derrière. Ses fesses remuèrent sous le fin tissu. Je dénudai son cul et le rosis avec quelques tapes bien placées. La bête à l'intérieur de moi fanfaronna de son approbation sauvage, mais j'étais calme et j'avais la tête sur les épaules.

Elle devait obéir pour que je puisse la garder en sécurité.

Ma femme ne pleura pas, mais laissa sortir de petits grognements fâchés alors que je la punissais. Je n'aimais pas la corriger si tôt, mais elle devait savoir qui dirigeait et c'était la manière la plus rapide de lui apprendre.

Quatre grands coups de plus et je fixai une main sur l'arrière de son cou, la maintenant immobile. Mon autre main prit ses fesses éclatantes.

— À présent, m'écouteras-tu ?

Elle répondit en donnant des coups de pied et je me lâchai sur son derrière, une série de frappes énergiques pour lui montrer que je ne tolèrerais pas sa résistance. Après une minute, ses bruits frustrés se changèrent en des miaulements essoufflés. Je giflai le haut de ses cuisses quelques fois et en ajoutai une ou deux au sommet de ses jambes.

Un halètement et une délicieuse odeur chargèrent l'air, se mêlant à son parfum de fraise. De l'excitation.

Mais je ne fus pas le seul à la sentir.

Les bois autour de nous se remplirent d'un bruit sifflant, se rapprochant. Les Hommes Gris. Nous avions trop traîné.

— Sois tranquille, déclarai-je en la serrant dans mes bras. Nos ennemis sont proches.

Ma femme eut une expression abasourdie. Pas effrayée ou contrariée, mais docile.

— Nous échapperons à cela, lui dis-je. Mais tu suivras mes ordres. Compris ?

Elle eut suffisamment de présence d'esprit pour acquiescer. Son visage était rougi, un effet secondaire à sa tête suspendue vers le bas sur mon genou plié, mais également un signe de son excitation. Elle avait réagi à la punition improvisée. Elle posa une main sur ma mâchoire, se stabilisant.

Je lui volai un rapide baiser, juste une ferme pression de mes lèvres sur les siennes. Un contact des cieux, au cas où le prochain combat soit mon dernier.

— Je ne les laisserai pas te dérober, promis-je et je la soulevai.

Elle se cramponna des deux mains à la mienne.

Le sifflement venait à présent de trois côtés.

— Ils essayent de nous encercler, l'informai-je en reculant, la prenant avec moi. Quand je te dis de courir, tu cours.

Si elle s'échappait tout de suite, je pouvais retenir les Hommes Gris et la traquer plus tard.

Peut-être qu'elle ne verrait pas la bête me submerger, façonnant ma silhouette en une créature mystique deux fois plus grande qu'elle, avec de la fourrure et des griffes, un mélange dangereux entre homme et loup.

— Maintenant, dis-je en la poussant.

Ma voix fut un aboiement guttural alors que ma gorge se modifiait. La magie fourmilla à la base de ma colonne, mes os prêts à craquer et à se changer avec la Transformation.

— Pars, grognai-je.

Quand les Hommes Gris vinrent vers moi à travers les arbres, elle courut pour récupérer le bâton brisé et se tourna pour faire face à l'ennemi comme si la baguette était une épée.

Quand je lui fis un signe de s'enfuir, elle agrippa plus fermement sa piètre arme et secoua la tête.

De la fourrure ondulait déjà le long de mes bras quand je ramassai ma femme et l'abandonnai au pied d'un chêne.

— Reste là, lui dis-je.

J'espérais pouvoir la protéger de la vue du monstre que je deviendrais, mais la fessée n'avait pas entaché son obstination. Si je n'étais pas si contrarié, j'aurais presque été fier.

Tourbillonnant avec un rugissement, j'attaquai les créatures avant que la première vague ne puisse l'atteindre. J'avais laissé mon bouclier, mais j'avais toujours ma hache, l'envoyant s'écraser contre la première des rangées d'êtres cadavériques, et complétai la Transformation. Ma vision devint rouge. Hurlant mon cri de bataille, je chargeai, sans peur. Je souffrais d'une plus grande malédiction que ces draugr et j'étais capable d'un mal plus grand.

Je sauverais ma femme même si cela me valait sa peur.

NOISETTE

*L*e monstre batailla contre les Hommes Gris pendant que je me recroquevillai près d'un arbre. Le guerrier transformé avait de la fourrure noire, la taille d'un géant, une vitesse inhumaine et un gros museau. Une frange fauve le long de sa colonne était la seule chose qu'il partageait avec l'homme blond. Ça et ses aptitudes au combat.

Quand la poussière se déposa, des morceaux d'Hommes Gris jonchaient la zone. Je criai alors que des bras sectionnés se tortillaient dans ma direction et que la main tentait de saisir ma cheville. J'essayai de la repousser en lui donnant des coups de pied, mais elle resta fermement accrochée jusqu'à ce que je la touche avec le bâton. Le bois fourmilla dans ma main et le bras démembré s'envola comme si la foudre l'avait frappé, retombant dans la trajectoire du monstre. Des mâchoires létales le cassèrent d'un coup sec, l'avalant.

Et elles le vomirent, directement après.

— *Dégoûtant,* cracha-t-il plusieurs fois. *Pas bon à manger.*

La voix à l'intérieur de moi avait une nature rugueuse, plus proche d'un aboiement que de mots humains.

La bête se tenait sur ses pattes arrière, se redressant jusqu'à être au moins deux fois plus grande que moi. Sa silhouette rappelait vaguement celle d'un homme, avec un torse et des bras de muscles tendus, tous recouverts de fourrure noire.

Ma respiration frémit en moi. J'avais vu des choses horribles en ce jour, dans le repaire du sorcier, mais cette bête était l'affaire de cauchemars.

Elle beugla son triomphe et fit pivoter sa tête vers moi.

— *Viens.*

Sans que je ne sache comment, elle parla directement dans mon esprit.

— Non, chuchotai-je.

Alors qu'elle marchait à grands pas dans ma direction, je détalai à reculons, tentant de positionner mes pieds en dessous de moi pour courir. Avec les Hommes Gris abattus, j'avais ma chance d'échapper à ce monstre.

Il s'arrêta et inclina sa tête. Grognant, comme s'il essayait de parler.

Je me retournai et rampai pour m'éloigner, seulement pour qu'une main griffue saisisse la peau de mon cou. D'un cri, je me tournai et le poignardai avec le bâton. La bête mugit et me laissa tomber par surprise.

Trouvant mes pieds, je passai au travers des fourrés et quand elle vint après moi, je lâchai les branches que je tenais, pour qu'elles claquent à son visage.

KNUT

*A*gaçant petit lapin effrayé. Tellement exquis, les jambes charnues et tannées sous son court vête-ment, la poitrine pulpeuse se soulevant alors qu'elle courait pour s'éloigner de moi. Je la suivis facilement, paré à tout moment à accélérer et à finir la poursuite. La bête était prête à s'accoupler, mais j'étais toujours au contrôle. Son odeur m'appelait hors de la rage, pour rester sain d'esprit. Même pas encore liés et la malédiction se levait déjà.

Mais elle avait peur de moi. Je venais juste de tuer ses ennemis, le sang infect des corps encore sur ma langue, mais elle aurait presque préféré faire face aux Hommes Gris qu'à moi.

— *Comment se passe ton sauvetage ?* demanda Leif, et il partagea avec moi une image de son propre combat avec les draugr.

Le reste de la meute et lui avaient trouvé les traîtres et Fleur, la femme qu'ils avaient volée, à l'embrasure de la grotte du mage, en difficulté devant les Hommes Gris puants.

— *Elle m'a poignardé avec son bâton. Deux fois.*

Je lui envoyai une image d'elle se tenant avec la baguette,

son visage un masque de peur, mais son corps encore prêt à se battre.

— *Et tu l'as laissée ?* rigola Leif.

Je n'étais pas très proche de mes confrères guerriers, préférant rester à l'écart, mais Leif ignora ma distance.

— *Je ne veux pas la blesser.*

Bien sûr, maintenant qu'elle fuyait, elle pourrait se faire mal. Une émotion picota ma poitrine, quelque chose que je n'avais pas ressenti depuis un moment. De la peur.

La petite femelle éveillait toutes sortes de nouvelles choses en moi.

— *J'ai entendu que c'était ce qui se passait quand tu trouves ta vraie compagne.*

Les pensées de Leif étaient teintées de jalousie et d'émerveillement. Choqué d'avoir tant partagé sur le lien, je demeurai silencieux. J'étais un meneur dans la horde, mais restais habituellement à l'écart des autres hommes.

— *Elle doit être spéciale, si tu défies les ordres pour la suivre. Fais attention, Knut. Qu'importe ce que sont ces créatures, quelque chose les contrôle et a assez de pouvoir pour jeter des sorts.*

Au-dessus de ma tête, le ciel débordait de nuages. Une tempête arrivait, hurlant depuis l'est. Pas de doute que son origine fut la grotte du mage.

— *Je sauverai cette femme et verrai ce qu'elle sait. Je la ramènerai à la montagne pour que les Alphas l'interrogent.*

Ils pourraient peut-être me pardonner d'avoir abandonné mon poste si je leur rapportais une meilleure proie.

— *Au combat jusqu'à la fin !*

— *Au combat jusqu'à la fin !* répondit le guerrier d'un rugissement.

Avec mon propre hurlement, je chargeai et franchis les branches par lesquelles la petite était passée, une tentative de m'arrêter sur mes pas. Elle apprendrait que ce n'était pas si facile de battre un Berserker.

NOISETTE

e vent fouetta plus rapidement, les arbres
remuèrent à leurs sommets. Mes cheveux se dressèrent. Quelque chose se passait et même le temps y
répondait.

Je franchis les arbres et m'arrêtai à la vue de la scène
irréelle devant moi. Ma tentative de fuite m'avait conduite de
nouveau à la caverne du Roi Cadavre.

Mon amie Fleur était au milieu de la bataille, armée du
deuxième morceau de bâton que je tenais. Un guerrier, un
loup et un aigle combattaient à ses côtés, avançant avec insis-
tance pour s'échapper dans les bois.

De toutes parts, de grands guerriers se battaient comme
des fous avec les Hommes Gris. À moitié hommes, à moitié
monstres, ils s'écrasaient dans l'ennemi, saisissant les lames
de leurs mains nues et repoussant les serviteurs du Roi
Cadavre avec une joie sauvage.

— *Une jolie vue, n'est-ce pas ?*

Je me retournai. Il n'y avait personne derrière moi, pourtant une voix, une voix tendre et grave d'homme, avait parlé

LEE SAVINO

dans ma tête. Mais c'était impossible. Je tenais toujours le bâton. Peut-être qu'il me jouait des tours.

Davantage d'Hommes Gris se précipitèrent dans la mêlée, venant de toutes les directions. Je ne serais pas en sécurité longtemps.

Je reculai, directement dans un large torse dénudé. Le guerrier blond qui avait combattu pour moi sous une forme monstrueuse se profilait au-dessus de moi avec une expression déterminée. Il avait des égratignures sur le visage à l'endroit où j'avais laissé les branches le taillader.

— Je t'ai à présent, grogna-t-il et il me jeta sur son épaule pour m'emporter, une nouvelle fois.

KNUT

*A*vec la femme se tortillant sur mon épaule, je m'en allai à grands pas. Elle luttait et se débattait. J'appréciai la douce sensation plaisante de son corps contre le mien.

Je plaçai une main sur son cul en avertissement.

— Poignarde-moi à nouveau avec cette satanée brindille et je rôtirai ton derrière juste là. Je t'en fais la promesse.

La menace la fit se calmer.

Derrière nous s'élevèrent les bruits métalliques des armes et les rugissements des Berserkers faisant face à leurs ennemis. Les draugr étaient partout, une mer nauséabonde sans fin.

— *Leif, Rolf,* appelai-je alors que des renforts affluaient près de nous. *De la vermine en plus. Aidez-moi à dégager un passage.*

Tenant la fille d'une main, je coupai à travers les rangs avec ma hache. Une tempête faisait rage au-dessus de nos têtes et une épaisse brume se déversait par l'embrasure de la grotte.

Le sorcier s'était réveillé et il se défendait.

Fauchant les ennemis alors qu'ils sortaient du brouillard

surnaturel, je gardai un contact mental avec la femme que je portais. Un lien s'était ouvert entre nous, aussi réel et certain, que le lien que je partageais avec le reste de la meute. Les pensées de la femme étaient embrouillées et effrayées, et, tandis que la brume s'épaississait, une lourde tristesse s'installa en elle, une maladie de l'esprit.

Consterné, je fonçai dans les bois et fis un mouvement d'épaule pour la descendre dans mes bras. Son visage était mortellement pâle.

— *Gelée. Piégée. Désespérée.*

— Réveille-toi, fille, dis-je en prenant ses joues dans mes paumes. C'est un sort, seulement un sortilège. Le sorcier utilise sa magie malfaisante par le biais de ce brouillard.

Mais elle ne réagit pas. Que ce soit de peur ou d'épuisement, elle s'était évanouie.

Un grondement débuta à la base de la colline. Le tremblement de terre envoya les Hommes Gris au sol, qui était recouvert d'une couche dense de brume.

— *La caverne s'effondre... repliez-vous !* résonna l'ordre de l'Alpha au travers des liens de la meute, un ordre puissant auquel répondirent immédiatement mes frères Berserkers.

Je résistai. Alors que la terre commençait à vibrer avec davantage de violence, une épaisse poussière jaillit de la grotte. Je me jetai par terre, couvrant la femme de mon corps jusqu'à ce que le pire soit passé. La tenant tendrement dans mes bras, je courus tout le reste du chemin, jusqu'à être en sécurité.

NOISETTE

*J*e me réveillai au bruit d'un torrent d'eau. De fines gouttelettes d'eau éclaboussèrent mon visage jusqu'à ce que la masse chaude sous moi se déplace, m'éloignant des jets humides. Une douce fourrure frotta mon visage, le séchant.

J'ouvris mes yeux. À quelques pas de moi, de l'eau tombait en une épaisse couche grise, rugissant à côté de la crevasse où j'étais posée.

— Tu es réveillée.

Une voix dans l'obscurité me fit me mettre sur mes pieds. Je chancelai, dérapant sur les rochers glissants qui se situaient entre la cascade et moi. Une main se fixa sur mon bras et m'éloigna du bord. Des membres musclés se fermèrent autour de moi.

— Je ne bougerais pas si j'étais toi, dit le guerrier, à moitié avec des mots et à moitié en grognant dans mon oreille.

Il nous décala pour être à nouveau en sécurité, avant de me lâcher. Avec sa taille, il devait se plier un peu dans l'espace réduit. Ses mèches blondes mouillées pendaient sur son visage et sa peau portait de légères égratignures provenant des branches que j'avais envoyées s'écraser sur son chemin, plus des coupures et des marques de lame qui n'avaient pas été là précédemment.

Il resta immobile et silencieux pendant que je tournai sur moi-même pour assimiler le rocher noir humide et le torrent.

— Que... Où ? bégayai-je.

— Nous sommes dans une grotte derrière une cascade, à quelques lieues de la caverne du mage et de ses serviteurs. L'ennemi a déployé un sort qui a touché ton esprit. Tu t'es évanouie et je t'ai emportée au loin.

Sa grande main erra au-dessus de mes cheveux, brossant en arrière les brins humides collant mon visage.

—Tu es en sécurité ici, avec moi.

J'enveloppai mes bras autour de mon corps, mais je ne battis pas en retraite. Sa silhouette massive était une source de chaleur bienvenue. Il m'avait déjà sauvée plusieurs fois et m'avait portée dans ses bras jusqu'à ce refuge caché. S'il souhaitait me toucher maintenant, je ne protesterais pas.

De plus, à moins de me rapprocher de la cascade, il n'y avait pas beaucoup de place pour fuir. Le guerrier blond semblait occuper tout l'espace disponible par son corps fortement musclé. Il se tenait torse nu avec des hauts-de-chausse déchirés. Quand il se tourna, je poussai un cri de surprise. Une flèche brisée était coincée dans son dos, près de sa taille.

— Tu es blessé, indiquai-je en montrant l'épaisse pointe du doigt.

Il jeta un coup d'œil vers le bas, comme s'il ne l'avait pas vu auparavant. Avec un grognement, il l'enleva de sa chair et la lança dans la chute d'eau déchaînée à quelques mètres de nous.

Du sang jaillit de la plaie. Sans réfléchir, je m'y dirigeai et pressai mes mains dessus, essayant de stopper l'écoulement.

Sa grande main étreignit la mienne.

— Ça va, fille. Ça guérira bien assez tôt.

— Mais...

Il ôta ma main pour me montrer sa peau qui s'était déjà refermée.

Je retirai sèchement ma main.

— Qui es-tu ? demandai-je d'une voix tremblante. Qu'es-tu ?

— Effrayée, petite ?

Je fis un mouvement brusque de la tête pour l'informer que c'était le cas, mais je réalisai que c'était un mensonge. Après mon choc initial, je me sentais calme en sa présence, comme si, au fond, je savais que j'étais en sécurité avec lui.

Un sourire plissa ses traits, à peine perceptible dans l'obscurité.

— C'est vrai, petite. Tu n'as rien à craindre.

Mon front se contracta. Lisait-il mes pensées ?

Il prit ma main et m'amena pour m'asseoir sur les pierres.

— Je m'appelle Knut. Je suis un combattant.

— Tu es un homme... mais... commençai-je, cherchant une façon de décrire le monstre qu'il était devenu devant mes yeux.

— Je suis un homme, et davantage, expliqua-t-il avec un soupçon de tristesse sur sa bouche. Il y a longtemps, une sorcière nous a donné, à mes camarades guerriers et moi-même, un grand pouvoir. La magie a... des conséquences.

Je frissonnai dans l'air frais et humide.

— Là, dit-il en soulevant une grosse peau blanche et en la déposant sur mes épaules. Nous ne resterons pas ici longue-ment. Tu as besoin de chaleur et de soins.

Il toucha mon genou, conduisant mon attention sur les éraflures s'y trouvant. Ma robe était dégoûtante, mes pieds sales et coupés.

— Pourquoi sommes-nous dans cet endroit ?

— Les Hommes Gris ne semblent pas aimer l'eau.

— Sont-ils ici ? demandai-je en commençant à moitié à me lever, inquiète.

— Doucement, dit-il en m'attirant dans ses bras. Je pense qu'ils te pistent. J'ai couru dans l'eau pour m'assurer qu'ils perdraient la trace, mais le sorcier a ensorcelé l'air. Nous attendrons la fin de la tempête, et puis je nous sortirai en douce.

Je me blottis maladroitement dans son giron, éclipsée par son large corps. Mes épaules étaient recroquevillées, mais quand il caressa mon dos, je m'inclinai vers son torse musclé, lui permettant de m'attirer davantage dans son étreinte.

Sous mon oreille, son battement de cœur répondait au rugissement de la cascade. Un peu de lumière vint au travers du drap bleu-gris, assez pour que j'étudie la figure du combattant. Grand et blond, tels les pilleurs vikings que la majorité des villages craignait encore, bien que leurs vaisseaux aux têtes de dragon n'aient pas touché nos côtes depuis des années. Sa peau portait des cicatrices, son visage était ridé du poids de ses années, pourtant il était beau. Chaque mot, chaque mouvement traduisait l'autorité. C'était un homme habitué à donner des ordres et auquel on obéissait. Toutefois, la manière dont il me regardait...

Mes mains tirèrent sur la peau qu'il avait bordée autour de mes épaules, l'attirant plus proche, mais la fourrure était une frêle armure contre le regard pénétrant du guerrier. Il m'étudiait comme je le faisais, un petit sourire sur ses lèvres fermes.

— Dis-moi ton nom, dit-il.

— Noisette, répondis-je, obéissant avant de décider que lui apprendre mon nom était de la folie.

Mon nom et les vêtements sur mon dos étaient les dernières choses en ma possession.

— Et quel âge as-tu ?

— Dix-huit étés, monsieur. Du moins, c'est ce que m'ont dit les nonnes à l'abbaye. J'ai été amenée à l'orphelinat quand j'étais bébé.

La grande main de Knut vint prendre ma joue dans sa paume.

— Si jeune, pour avoir un tel pouvoir sur moi, déclara-t-il alors que sa voix grondait en moi et que son regard se fixait sur mes lèvres.

— Quel âge as-tu ? questionnai-je sans oser frapper son bras pour l'éloigner, alors même que mon cœur battait plus vite, répondant à sa caresse.

Mes seins semblaient lourds, gonflés. Quelque chose en moi changea, s'éveillant, comme une fleur en éclosion qui se tournait vers la lumière.

— Je ne connais pas mon âge, gloussa-t-il ce qui retira des années de son visage. Je suis né treize étés avant de promettre allégeance à mon jarl, et vingt étés avant que le jarl m'envoie combattre pour faire d'Harald Fairhair le roi des Terres du Nord. Quelques étés après ça, j'ai été choisi pour faire partie d'un groupe d'hommes d'élite, qui ont été sélectionnés pour devenir les plus grands de tous les guerriers. La sorcière nous a maudits et ma vie en tant qu'homme s'est finie, laissant place à ma vie en tant que Berserker.

Un Berserker. J'avais entendu des récits sur de tels combattants, avec les histoires sur les Vikings qui étaient venus pour piller notre littoral. Des guerriers qui ne craignaient rien, des troupes de choc qui pouvaient détruire une armée entière avant que leur roi n'envoie le plus gros de ses forces dans la bataille. Leur violence inhumaine et leur rage les rendaient imperméables à tous dommages. Ils avaient guerroyé jusqu'à ce qu'ils tombent de fatigue et rien ne pouvait se mettre sur leur chemin.

— Je n'ai pas suivi les années depuis ce temps-là, songea-t-il. Cela fait bien des lunes.

41

Il semblait davantage fasciné par mes cheveux et mon poids sur ses genoux, que par le récit de sa vie. Nous étions piégés derrière une cascade avec un grand danger se tapissant juste à l'extérieur. Et pourtant, il paraissait content que je sois assise dans son giron, examinant chaque brin sur ma tête de son regard révérencieux.

Sa large main chuta pour tirer sur la mienne, retirant ma poigne aux articulations blanches du bord de la fourrure. Il analysa mes petits doigts, mon bras bruni par les jours de travail au soleil.

Encouragée par la gentillesse dans son air et son ton, je libérai mes mains et pris les siennes. Des picotements se propagèrent en moi alors que j'ouvrais ses doigts d'une caresse, et en étudiai les cicatrices et les paumes rugueuses. Les mains d'un guerrier.

Pourtant il n'y avait pas si longtemps, elles avaient été griffues et recouvertes de fourrure, un mélange grotesque entre homme et loup.

— Tes mains, elles étaient différentes quand tu combattais les Hommes Gris, dis-je en essayant de convoquer mon dégoût, mais je ne pus pas. Qu'es-tu ?

Il posa un doigt contre mes lèvres et le simple contact envoya de la chaleur se précipiter en moi.

— Rien que tu ne dois craindre.

Je tremblai à nouveau contre ma volonté. Je stabilisai ma colonne.

— Pourquoi m'aides-tu alors ?

Il inclina la tête et plaça une mèche de cheveux mouillés derrière mon oreille.

— Je t'ai attendue très, très longtemps.

— Je ne comprends pas.

— Tu n'as pas à comprendre, petite. Certaines choses sont au-delà de toute compréhension, mais elles sont tout de même vraies.

Il me glissa sous son menton. Son torse nu dégageait de la chaleur qui semblait couler jusque dans mon corps gelé. Finalement, enfin, je pouvais me détendre.

—Je suis fatiguée, déclarai-je en fermant les yeux.

— Dors, petite. Je montrai la garde.

* * *

Je me réveillai quand il me secoua.

— C'est le moment de fuir.

Il me mit sur mes pieds.

— Noisette, tu dois me promettre de rester proche et d'écouter ce que je dis.

Mon front se plissa.

— La dernière fois que nous avons fait face aux Hommes Gris, je t'ai ordonné de t'enfuir. À la place, tu as persisté pour leur faire face, et puis tu m'as fui. Je comprends que tu ne savais pas qui j'étais, mais à présent tu le sais. Désobéis à nouveau et tu feras face aux conséquences.

— Comme une fessée ? questionnai-je avec la colère qui fit rougir mes joues.

— Exactement, affirma-t-il en levant son menton.

Les poings serrés sur mes flancs, j'ouvris la bouche pour argumenter et il saisit mon menton.

— Tu ne t'opposes pas à moi. Je suis le seul à me tenir entre les créatures du Roi Cadavre et toi. Tu écouteras mes paroles et tu obéiras. Si tu ne le fais pas, cela pourrait signifier ta mort et je ne tolèrerai pas ça. Te soumettras-tu à moi ?

Il semblait y avoir une unique réponse qu'accepteraient ses yeux dorés.

— Oui, m'efforçai-je à dire en devant humidifier ma gorge.

Sa main sur mon menton s'adoucit immédiatement.

— Pauvre petite. Si gelée et toute seule. Tu n'es plus seule. Comprends-tu ?

Je le fixai simplement.

— Adorable lapin, murmura-t-il, mais il laissa tomber sa main et se tourna. Je vais explorer le chemin pour sortir d'ici. Tu attendras mon retour.

J'acquiesçai. Je n'avais aucun désir de foncer pour faire face à ces Hommes Gris.

Il se déplaça jusqu'à l'entrée de la grotte, léger sur ses pieds. Je sécurisai la peau autour de mes épaules aussi bien que je le pus et ramassai le bout du bâton de la sorcière. Je ne comprenais pas quel pouvoir il avait, mais j'étais réticente à le laisser.

— Noisette, m'appela Knut depuis l'orée du chemin derrière la cascade, sa voix grave grondant par-dessus le bruit de fracas.

Je me hâtai d'aller à ses côtés.

— Bonne fille, me sourit-il.

Je mis ma main dans la sienne, empoignant le court bâton de l'autre, et il me fit sortir à nouveau à la lumière.

C'était le matin, un léger soleil débutait son demi-cercle au travers du ciel. Nous avions passé la nuit ensemble derrière la cascade.

— Nous avons des kilomètres à faire avant d'être hors d'atteinte des Hommes Gris. Mes amis se sont retirés sur notre montagne de résidence pendant que les Alphas décident du meilleur plan pour attaquer. Nous avons déclaré la guerre au Roi Cadavre.

— Et Fleur ? demandai-je.

— Elle est en sécurité, à la maison avec la meute.

Une petite inquiétude en moi s'atténua.

— Est-ce là où tu m'emmènes ?

— Oui, dit-il en jetant un œil vers le ciel pour déterminer la direction à prendre. Et non. J'ai vécu dans les quartiers avec le reste des guerriers, mais nous bâtirons une nouvelle habitation.

Il me fit un regard que je ne pus pas interpréter.

— Les Alphas m'autoriseront à construire une cabane au pied de la montagne pour ma compagne et moi-même.

Mon cœur se tordit, mais je gardai ma voix neutre. Il n'y avait aucune raison que je sois déçue que ce combattant soit engagé envers une autre.

— Tu as une compagne ?

Cette fois, je sus exactement ce que signifiait son sourire.

— Oui, à présent.

Je trébuchai presque et il me maintint en m'attirant par la même occasion.

— Attends, commençai-je en tirant sur sa main. Que veux-tu dire ?

— Au moment où je t'ai sentie au travers du vent, j'ai su que tu étais à moi.

J'essayai de libérer ma main, mais sa poigne était de fer.

— Ne me combats pas sur ce sujet, petite. Nous avons assez d'ennemis. Nous n'avons pas besoin d'être en guerre l'un contre l'autre.

— Je... Je ne suis pas à toi, bégayai-je.

— Tu l'es. Tu ne l'as pas encore réalisé. Viens. Il y aura du temps pour parler de ça quand nous serons en sécurité.

Saisissant ma main, il accéléra le rythme. Il se déplaçait avec la grâce puissante d'un prédateur, le corps crispé en alerte vis-à-vis de nos ennemis.

Je me traînai derrière lui, voulant rester proche, mais souhaitant pouvoir m'éloigner. Je n'avais d'autre choix que de le suivre. Il n'y avait nulle part d'autre où aller.

J'avais passé ma vie à l'abri dans l'abbaye, en faisant confiance à un gardien qui avait menti aux autres orphelines et à moi-même, quand il avait dit tenir à nous. Il nous avait vendues, Fleur et moi, et je ne sais combien de mes amies, pour être de la matière à consommer pour le Roi Cadavre.

Knut donnait des ordres, mais risquait tout pour ma sécurité. Plus je passais de temps avec lui, moins je voulais partir.

Ce qui était absurde. Il était attrayant et compétent, c'était certain. Mais me promettre à lui pour toujours, quand nous venions tout juste d'apprendre les noms de chacun ?

Alors que nous faisions route autour d'une grande colline, le vent changea, amenant une puanteur de pourriture à nos nez, au moment même où nous tombions sur un groupe d'Hommes Gris.

Knut se tendit, me poussant derrière lui et dégainant sa hache. Nous étions dans un profond ravin sans aucune issue, sinon de rebrousser chemin en courant.

— *Pars*, résonna une voix dans mon esprit.

Celle de Knut. Impossible. Je devais devenir folle.

Je reculai, mes mains se tortillant sur le bâton de la sorcière. Il y avait tellement d'Hommes Gris et ils étaient armés. Ils pouvaient maîtriser Knut pendant qu'il me laissait m'échapper.

— Cours, Noisette, ordonna Knut. Je les garderai loin de toi.

Avant qu'il finisse de parler, les créatures les plus proches de lui attaquèrent. Des lances s'abattirent et Knut leur fit face avec un rugissement provocateur.

Tourbillonnant, je commençai à courir.

— *Dirige-toi vers l'Ouest et ne t'arrête pas tant que tu ne vois pas des montagnes*, murmura une voix dans ma tête. *Je vais appeler la meute pour qu'ils viennent te sauver si je tombe.*

Je me stoppai. Mordant ma lèvre, je regardai en arrière. La tête blonde de Knut s'agitait au milieu des créatures cadavériques, en esquivant et se tournant alors qu'il en combattait plusieurs en même temps. Si je partais maintenant, il mourrait.

Dans mes mains, le bâton en bois crépita d'une énergie soudaine.

Un Homme Gris avait dépassé Knut, piégeant le Berserker entre le reste de la horde et lui. Il taillada Knut pendant qu'il faisait face à dix autres.

Mes pieds bougèrent avant que je puisse réfléchir.

L'Homme Gris leva une épée pour poignarder le dos de Knut, puis fit un mouvement brusque et se rigidifia quand j'enfonçai le bâton dans son dos. Des vagues coururent dans son corps alors qu'il se tenait paralysé. L'épée chuta de ses doigts sans vie avant qu'il s'effondre.

Knut jeta un coup d'œil en arrière, incrédule.

— Je t'ai dit de t'enfuir, grogna-t-il.

— Attention ! hurlai-je alors que deux Hommes Gris bondissaient des parois du ravin, tombant sur le combattant Berserker.

D'un cri, il en rejeta un de son dos et lança l'autre dans la bande en progression.

La créature atterrit à côté de moi et, avant qu'il puisse courir et attaquer à nouveau, je le percutai avec le bâton. L'Homme Gris grésilla et il vola comme si la foudre l'avait frappé. L'odeur de chair calcinée remplit l'air et les serviteurs du Roi Cadavre sifflèrent.

Sous mes doigts, le bois fredonna. Une seconde plus tard, la main de Knut se ferma sur la mienne et il m'attira. Nous nous précipitâmes le long du ravin. Mon pied nu se prit dans une pierre et je trébuchai. Knut me balança dans ses bras. Je me tins fermement à ses épaules.

— Les Hommes Gris... ils ne nous suivent pas.

— Qu'importe la magie qu'il y a dans ce bâton, elle les a étourdis. J'en ai tué quelques-uns, mais cela ne les a pas dissuadés jusqu'à ce que tu utilises ce truc.

Il grimaça en regardant la baguette et je la glissai plus près de mon corps, pour que ça ne le touche pas.

— Où l'as-tu eu ?

— Une sorcière l'a donné à Fleur, avant que je la rencontre. Le moine l'a cassé avant que les Hommes Gris nous emmènent loin de l'abbaye, mais il est apparu dans la grotte avant que je m'échappe.

Knut grogna et je sus qu'il ne faisait pas confiance à une telle magie.

Il ne s'arrêta pas de courir jusqu'à ce qu'il ait trouvé à nouveau la rivière et l'ait traversée. Alors que le soleil grimpait plus haut, sa cadence ralentit. Nous quittâmes l'épaisse forêt et arrivâmes au niveau de terrains ruraux séparés par quelques bosquets.

Finalement, il me déposa.

— Nous avons dévié, mais je ne veux pas mener les Hommes Gris à la meute. Nous resterons proches de l'eau, pour le moment.

Il me nourrit de viande séchée et nous prîmes tous les deux des gorgées vivifiantes à la rivière.

— Nous irons dans cette direction, dit-il, et il saisit ma main quand je commençai à avancer. Tu m'as désobéi, petite.

— Je t'ai sauvé la vie, rétorquai-je, puis je mordis ma lèvre, espérant qu'il ne s'emporterait pas.

Il pressa ses lèvres. J'entendis ses pensées distinctement dans mon esprit.

— *D'abord, nous nous mettons en sécurité. Puis, on fera les comptes.*

ALORS QUE LE jour s'écoulait lentement, le temps devint noir et étrange. Des nuages gris couvrirent le soleil et une voix effrayante fut amenée par le vent, marmonnant dans un langage que je ne pouvais pas comprendre.

— Le Roi Cadavre qui jette des sorts, grogna Knut. Il cherche ce qu'il a perdu.

Il me souleva à nouveau dans ses bras et augmenta notre allure.

— Je ne comprends pas, dis-je en me cramponnant au Viking et en étudiant ses traits au lieu de regarder le paysage défiler à une vitesse vertigineuse.

— Pourquoi me veut-il ?

— Tu es une femme-spae.

— Une quoi ?

— Une femme possédant une magie spéciale, une qui attire le Roi Cadavre.

— Je n'ai pas de magie, rechignai-je.

— Si, affirma doucement le guerrier. Car elle m'appelle aussi. Elle apaise la bête.

Je me frottai le visage, souhaitant m'allonger et me réveiller de retour à l'abbaye. Même si c'était une sorte de prison, j'y étais en sécurité.

— Je ne comprends rien de tout ça. Je suis Noisette, nommée d'après le fruit d'un arbre. Ma propre mère m'a abandonnée et j'ai été élevée en tant qu'orpheline. Je n'ai rien de spécial.

— Ta mère était probablement une femme-spae aussi. Tes capacités viennent d'elle, dit-il, puis il leva une main quand j'allais protester. Tu as de la magie, sinon le bâton de la sorcière ne serait pas une arme entre tes mains. Crois-moi Noisette, tu es tout sauf une femme ordinaire.

Trop fatiguée pour argumenter davantage, je dormis un peu, la tête palpitante, frissonnant sous le ciel noirci.

Je me réveillai alors que Knut plongeait dans une piètre habitation obscure.

— Où sommes-nous ? demandai-je en me débattant alors que les ombres nous couvraient.

— Chut, dit-il en me déposant et gardant ses mains sur mes hanches pour me maintenir. Une petite ferme. J'ai vérifié et personne n'est là. Ça va, fille ?

Il attendit que je hoche la tête pour me lâcher. Engourdie, le corps tremblant de peur et de faim, je le regardai partir et revenir plusieurs fois, allant chercher de l'eau et du bois pour faire un feu.

— La tempête dehors n'a rien de naturel. Nous resterons ici jusqu'à ce qu'elle passe, m'indiqua-t-il.

— Qu'est-il arrivé aux gens qui vivaient là ? demandai-je.

La hutte avait tous les aspects d'une maison construite avec amour, puis abandonnée. Il y avait des fleurs mortes dans un vase sur la table, parmi les toiles d'araignées.

— C'est la première ferme que nous avons croisée depuis que nous avons quitté la grotte du Roi Cadavre. Rien ne pousse bien en présence du mal, dit Knut. Alors que le pouvoir du sorcier augmentait, cela a probablement affecté cet endroit. Les fermiers sont partis avant de crever de faim.

Le vent soufflait en rafales derrière la porte, gémissant de cette voix inquiétante.

— Ou de devenir fou, ajoutai-je en frémissant.

— Ne parlons plus de ça, dit-il en reculant du brasier, époussetant ses mains. Viens à moi, fille.

Je m'approchai de lui et il me plaça devant le feu avec mon dos sur son torse nu.

— Par la lune, tu es gelée, s'exclama-t-il alors que ses grandes mains parcouraient mes bras. Où est la peau que je t'ai donnée ?

— Je l'ai perdue...

— Je t'en obtiendrai une autre.

Il m'enlaça. Entre son large corps et le feu, la fraîcheur déclina dans mes os.

— Le loup... est-ce une de tes formes ? demandai-je en tendant ma tête pour le regarder.

— Oui, commença-t-il, mais il fit une pause pendant un long moment, comme s'il était réticent à en dire plus. Il y en a trois. Le loup, l'homme et la bête. Tu as vu les deux dernières.

Une fois que je fus réchauffée, il partit et trouva une couverture, puis la secoua et la posa devant le feu. Je m'y posai dans sa direction, mettant de côté le bâton de la sorcière et me pelotonnant avec mon menton sur mes genoux. Le brasier crépitait joyeusement, un bruit rassurant après les deux jours précédents remplis d'horreurs. C'était presque assez pour me faire oublier quel genre de combattant était assis à côté de moi.

Presque.

Knut s'accroupit à proximité, alimentant le feu.

Ses mains étaient celles d'un humain normal, elles étaient larges et rugueuses.

— *Une malédiction par une sorcière*, avait-il dit.

— Tu t'es bien battu contre les Hommes Gris, le complimentai-je. Particulièrement quand tu... t'es changé en bête.

Il grogna et vérifia le sac à ses côtés pour chercher davantage de viande séchée, il en trouva quelques bandes et les plaça dans ma paume.

— J'irai bientôt chasser, grommela-t-il.

— La dernière fois que tu as combattu, tu étais en infériorité numérique, dis-je en saisissant sa main, haussant le ton pour ne pas être ignorée. Pourquoi ne t'es-tu pas changé en bête ?

Ses épaules se soulevèrent et s'affaissèrent. À son silence, je sus que j'avais poussé trop loin.

— Parce que, Noisette, commença-t-il en se levant et me surpassant. Chaque fois que j'autorise la bête à me submerger, je perds un peu de contrôle. La bête triomphera un jour. À moins que...

Il fit une pause, en pivotant sa tête pour fixer le feu vacillant. Il avait un magnifique visage. À la lueur des flammes, même les lignes de son front et celles autour de ses yeux ajoutaient à sa beauté brute.

— À moins que ?

Ses yeux se tournèrent vers moi, brillant de doré.

— À moins que je trouve une compagne. Une femme avec des pouvoirs spéciaux, bénie par la déesse et capable de guérir mon âme corrompue.

— Comment penses-tu trouver une telle femme ? déglutis-je en me tassant un peu dans son ombre.

— Je l'ai déjà fait, déclara-t-il avec les coins de ses lèvres qui se relevèrent bizarrement.

KNUT

*L*a femme trembla telle une feuille dans le vent. Ses cheveux en cours de séchage étaient doux comme de la barbe de maïs, ses yeux étaient larges et de couleur fauve. Son pouls palpitait dans sa gorge et cela me démangeait de le couvrir avec ma main.

Je devais me rappeler d'être gentil, pour qu'elle soit à l'aise. J'étais habitué à aboyer des ordres et à mener des hommes, pas à dire des mots doux à une femme.

Je m'assis, gardant une certaine distance entre nous, afin de ne pas tenter la bête. Mes poumons se remplirent de son odeur délicieuse. Mes oreilles perçurent le bruit rapide de son cœur.

— Parle-moi de ta maison à l'abbaye. Ton enfance, dis-je en réchauffant mon ton. Je souhaite tout savoir sur ma compagne. Un jour, nous serons capables de partager nos pensées et tu me montreras tes souvenirs.

Ses yeux s'écarquillèrent.

— C'est le fonctionnement du lien d'accouplement. Il se manifestera naturellement entre nous.

Noisette humidifia ses lèvres. De la nervosité teinta son

odeur. Il n'y avait aucun doute qu'elle était effrayée d'être unie à un combattant souffrant d'une malédiction, et qu'elle venait tout juste de rencontrer.

Plus j'y réfléchissais, plus la bête en moi s'impatientait de la prendre, la revendiquer. La faire mienne. Comme j'aimerais l'attacher à moi à l'aide d'un lien indestructible, une connexion entre nos esprits même.

Je me décalai pour être plus près et je fis courir ma main le long du dénivelé de ses cheveux. Avec un petit soupir, elle se pencha contre ma caresse. La peur dans son odeur s'atténua et la bête recula.

— Pour le moment, tu me raconteras ta vie.

Le pli de ses lèvres m'informa qu'elle voulait s'entêter et résister, mais elle obéit.

— J'ai vécu toute mon existence dans un orphelinat mitoyen à une abbaye. Les nonnes recueillaient des orphelines des villages environnants, uniquement des filles. J'ai beaucoup d'amies, plus proches que des sœurs. Il y en a quelques-unes de mon âge : Sauge et Oseille, Saule, Fougère, Angélique et Rose. Elles vont s'inquiéter de ma disparition.

Elle mordit à nouveau ses lèvres.

— Je me demande ce que leur dira le moine.

— Le religieux qui t'a vendu ?

— Oui. Il supervise les terres et l'ensemble d'entre nous. Les nonnes nous gardent occupées par le jardinage et le tissage. Le moine commercialise nos vêtements, des herbes et du miel, et met l'argent dans notre dot pour nous trouver de bons maris. Du moins, c'est ce qu'il nous a dit.

Elle fronça les sourcils, une ligne apparaissant sur son front autrement lisse.

— L'une de mes amies a disparu dans la nuit. Sari allait s'enfuir avec son amant, mais...

Noisette secoua la tête.

— Plus tard dans le village, j'ai aperçu le garçon la pleurer.

Sari n'avait jamais quitté l'abbaye. Le moine avait découvert qu'elle partait et il l'avait donnée au Roi Cadavre.

— Comment le sais-tu ?

Noisette détourna le regard.

— J'ai vu son corps dans la caverne. Il était ratatiné et sec, comme une vieille coquille vide. Mais c'était elle. Oh, Sari.

Elle appuya son poing sur sa bouche comme pour essayer de retenir ses larmes. Elles vinrent tout de même et je ne pus pas me contenir plus longtemps de la toucher.

J'enveloppai mes bras autour d'elle, maintenant son corps tremblant alors qu'elle pleurait.

— Shhhh, ma douce.

— C'est ma faute, gémit-elle. Je savais que le religieux prenait l'argent et l'accumulait pour lui-même. Je l'ai surpris en train de le compter un jour, ainsi que l'avidité sur son visage. D'autres filles avaient disparu auparavant. Le moine nous avait dit qu'elles étaient parties avec de bons maris. Mais nous ne les avons jamais revues, même quand elles avaient promis qu'elles nous rendraient visite. Je l'ai soupçonné, mais je n'ai pas prévenu les autres. Pas avant qu'il ne soit trop tard. Le religieux m'a attrapée, m'a enfermée dans une pièce avec Fleur, et nous a données aux Hommes Gris. Ils nous ont emmenées à la grotte du Roi Cadavre et c'est là que tu m'as trouvée.

— Comment t'es-tu enfuie de la caverne ?

— Fleur... elle a des pouvoirs. Elle a appelé à elle le bâton de la sorcière d'une certaine façon.

— Celui que tu détiens à présent ?

— Oui, dit-elle en tendant la main vers l'objet, et je l'autorisai à le saisir et le placer entre nous. Le moine l'a cassé sur son genou, mais il est apparu magiquement au moment où nous en avions besoin.

— Fleur a été sauvée avec un morceau en sa possession, l'informai-je, d'après ce que j'avais appris par les liens de la meute, avant que la tempête et la distance les perturbent. Elle a presque tué le Roi Cadavre avec. Il est en vie, mais il est affaibli.

J'avais déclaré ces faits avec prudence alors que l'espoir était né sur son visage.

— Tu étais destinée à être sa femme.

— Qu'est-il ?

— Un mal ancien, un monarque qui a commis des actes atroces dont je n'ose pas parler.

Je la recueillis près de moi, content quand elle se pressa contre moi. Son corps me répondait, même si elle déterminait encore si elle pouvait avoir confiance.

— Le sorcier est tout ce qu'il y a d'anormal et ses serviteurs appartiennent au monde des morts.

— De la nécromancie ?

J'acquiesçai.

—Cela nécessite un grand sacrifice pour soutenir un pouvoir si affreux. Un sacrifice humain.

— Il a tué Sari. Qui sait combien de mes sœurs de l'abbaye sont aussi mortes pour le nourrir.

Je ne lui dis pas ce que mes guerriers m'avaient rapporté : un tas d'os empilés à l'extérieur de la grotte.

— Ne pense pas à ça, Noisette, dis-je en prenant son menton dans ma paume. Tu t'es échappée et quand nous retournerons à la montagne, nous trouverons un moyen de protéger toutes tes sœurs.

— Merci, sourit-elle faiblement, mais cela éclaira mon cœur comme la lumière du soleil perçant une journée maussade.

NOISETTE

a grande main de Knut toucha ma tête, s'abaissa sur ma nuque et y fit une pression. Mon corps s'était détendu sous la chaleur de son regard et grâce au feu, mais à présent, le battement de mon cœur augmenta. Son pouce caressa la peau sensible de mon cou et des picotements se répandirent dans mon corps, se concentrant aux extrémités de mes tétons et au niveau du creux entre mes cuisses.

Ses yeux, qui s'étaient assombris alors que je partageais mon histoire, flambèrent de luminosité. Il enleva sa main.

— Si je te dis de rester ici, obéiras-tu ?

— Oui.

— Bien. Tu n'aimeras pas les conséquences si tu ne le fais pas.

Il me rappela la punition qu'il avait distribuée auparavant, et celle qu'il avait promise. Du feu bondit dans mon sang sous son regard sévère.

Aussitôt qu'il ferma la porte, je me levai et allai à la fenêtre, voulant apercevoir quelle forme il prendrait ensuite. Un large loup argent courut au travers de la cour, la queue brossant les tiges mortes dans le jardin mal entretenu alors qu'il s'éloignait en trottant.

Je m'occupai en explorant la cabane. Je trouvai un balai dans un coin et donnai un coup aux toiles d'araignées pour nettoyer. Une pièce froide et humide à l'arrière contenait principalement des couvertures moisies, mais à mon grand plaisir, je découvris une paire de chaussures et une robe pliée dans un coffre de cèdre. Elles étaient magnifiquement cousues, une partie de la dot d'une femme.

Je les pris, disant une prière pour les personnes disparues qui avaient laissé derrière leurs objets de valeur.

Pendant que j'attendais Knut, j'enlevai mon fourreau et le nettoyai aussi bien que je le pus dans le seau, l'installant près du feu pour le sécher. Après avoir ajouté un brin de lavande séchée que j'avais gardé de côté, je me lavai. Mon corps, puissant grâce aux heures de corvées à l'abbaye, avait changé à la suite de la récente aventure. Mes membres et mon estomac s'étaient endurcis, tonifiés par la course et le peu de nourriture, mais mes seins étaient plus gros, presque gonflés, tout comme les plis entre mes jambes. Je les touchai prudemment. Une fois par mois, à l'approche de la pleine lune, je souffrais d'une intense chaleur, une fièvre qui me laissait haletante de désir. Était-ce possible que mon corps réponde au combattant ?

Je poussai mon fourreau du doigt, souhaitant qu'il sèche plus vite afin de pouvoir recouvrir mon corps perfide. Pas grave que le tissu soit si fin, il cachait à peine mes réactions. Pas grave qu'il semble sentir mon excitation et parle dans mon esprit.

Je voulais lui demander pourquoi j'entendais sa voix dans ma tête, mais ne souhaitais pas qu'il pense que j'étais folle.

Un bruit sourd sur la porte me fit tournoyer. Un cri s'évanouit sur mes lèvres alors que le grand loup entrait en trottinant, un faisan mort dans ses mâchoires. Il s'arrêta complètement en m'apercevant. Il souffla, déposa le gibier et ressortit en trottant. La porte oscilla pour se fermer.

J'enfilai mon fourreau, ignorant les bouts humides. Bien évidemment, le Berserker allait revenir et me voir. La honte brûla mes joues alors que je réalisai qu'une part de moi souhaita qu'il le fasse.

Une fois habillée, je me hâtai vers l'entrée et je l'ouvris pour trouver Knut se tenant sur le palier.

C'était à mon tour de le fixer. La large silhouette musclée du guerrier était nue excepté un bout de pagne en cuir en écharpe sur ses hanches.

Il était orienté vers l'Ouest, à contempler le coucher de soleil. La tempête avait disparu, mais les nuages restaient, alors le soleil en descente n'était plus que quelques lignes rouges dans un ciel gris.

Quand il se tourna, il tenait une grande fourrure blanche dans ses mains. Quelque chose en moi frémit alors qu'il approcha et installa silencieusement le pelage sur mes épaules, l'ajustant autour de moi.

Mes sens scintillèrent de vie. Je sentis la lavande de mon bain, la lourde pluie patientant dans les nuages, ainsi que l'odeur terreuse de pin qui s'accrochait à la peau.

Son large pouce caressa ma joue, époussetant une petite fleur s'y étant déposée. Prenant une profonde inspiration, il laissa sombrer son front sur le mien alors que sa main se posait sur ma nuque.

— Peux-tu cuisiner le faisan ?

— Oui, soufflai-je.

Ses doigts se contractèrent, pressant l'os fragile, me maintenant immobile pendant que sa bouche touchait la mienne. Du désir flamba en moi, se déployant, un poids et une légèreté s'installèrent tous les deux en mon centre.

Je haletai et battis en retraite. Ses yeux brillaient, radieux, mais il me laissa partir. Je reculai dans la hutte et fermai la porte à son visage, m'appuyant dessus pour me supporter. Ma main tremblait alors que j'examinais mes seins, mon abdomen, le haut de mes cuisses. Je n'étais pas nue, mais j'avais été déshabillée par son regard fixe doré. Même maintenant, de la chaleur formait une flaque au niveau de mes coins les plus secrets, me faisant presser mes jambes l'une contre l'autre contre la douleur.

Que m'arrivait-il ?

— Noisette, appela Knut après un moment.

Vérifiant mes joues rougies une dernière fois, je laissai la porte entre nous s'ouvrir d'un craquement.

Knut avait enfilé sa culotte et ses bottes. J'avais trouvé le haut d'un homme parmi les affaires du fermier, mais à présent je ne voulais pas lui dire. L'étendue de son torse musclé me laissait à bout de souffle.

— Je suis désolée. Je ne sais pas ce qui s'est passé, dis-je d'une voix tremblante.

— Pas de soucis, me rassura-t-il alors que les coins de ses yeux se plissaient.

Il dû se baisser sous le cadre de la porte. Je reculai pour lui faire de la place, mais cela n'aida pas. Sa silhouette massive dominait l'espace. Il jeta un coup d'œil à l'endroit fraîchement balayé et libéré de toiles d'araignée, et il sourit.

Je ne pouvais pas m'empêcher de me réchauffer à la manifestation de son plaisir.

Il me dépassa pour ramasser le faisan. Je me secouai et allai me concentrer sur ma tâche.

Quand la viande fut rôtie, Knut et moi nous assîmes ensemble à la table. Le combattant me donna la portion la plus grosse et mangea uniquement avec sa main gauche. Sa droite trouva la mienne et la tint sous la table pendant tout le repas. Je me décalai une fois pour dépouiller l'os de la viande la plus tendre et il me lâcha. Aussitôt que j'eus terminé, par contre, il demanda ma main, suçant d'abord la graisse de mes doigts, et puis reposant nos deux mains sur sa jambe, ses propres doigts fixés autour de mon poignet.

Je ne savais pas quoi dire, alors que je ne dis rien. Pendant qu'il terminait son repas, son pouce joua sur ma peau sensible. De la chaleur humide s'enflamma entre mes jambes et je commençai à me déplacer pour apaiser les picotements. Knut ne retira pas ses yeux de moi, mais je gardai les miens sur ma nourriture alors que mes joues brûlaient encore et encore.

— Terminé ? demanda-t-il quand mon assiette ne fut plus qu'un tas d'os.

Je hochai la tête. Je fronçai les sourcils en voyant les quelques bouts dans son écuelle.

— As-tu assez mangé ?

— Le loup en a eu quelques-uns avant d'attraper l'oiseau le plus rapide pour toi. Es-tu rassasiée ?

— Oui.

— Réchauffée et confortable ?

— Oui, merci, monsieur.

— Cela me fait du bien de l'entendre, dit-il alors que son sourire s'élargissait. Maintenant...

Il m'attira pour que je me tienne entre ses jambes.

— Je t'ai dit qu'il y aurait une punition.

— Quoi ?

— Un châtiment pour ton comportement dans le ravin, déclara-t-il en inclinant la tête sur le côté. As-tu déjà été punie à l'abbaye ?

— Oui. Par les nonnes avec des fouets. Le moine nous menaçait avec une raquette, mais il nous enfermait la plupart du temps dans l'arrière-cuisine ou nous faisait nous agenouiller sur des galets.

Je soulevai ma jupe et lui montrai les petites cicatrices blanches.

— Je ne te marquerai jamais de cette façon, dit-il alors

que de la colère vacillait sur son visage. Pas pour te punir. Tu porteras mes empreintes un jour, mais ce seront des témoins de mon amour.

Sa grande main se posa sur mon épaule, me prenant à moitié au collet, mais gentiment. Son pouce caressa mon pouls.

— Je ne comprends pas.

— Bientôt, petite. Maintenant... lança-t-il alors que son ton devenait sévère. Tu as rompu ta promesse. Tu as promis que tu obéirais et tu ne l'as pas fait. Dans le ravin, avec les Hommes Gris, tu as ignoré un ordre direct.

— Ils allaient te tuer.

— Je t'ai dit de fuir.

— Je ne pouvais pas te regarder mourir.

Je fixai la table jusqu'à ce qu'il saisisse mon menton, conduisant mes yeux vers les siens.

— C'est mon droit de te protéger et de me battre pour toi. Noisette, tu aurais pu être abattue.

Je triturai ma lèvre.

— Tu m'avais promis.

— Je sais.

Il se redressa, poussa sa chaise en arrière de la table.

— Viens là, dit-il en tapotant sa jambe.

J'hésitai.

— Noisette, si tu n'obéis pas maintenant, la punition sera deux fois plus longue et dure.

Il tendit une main, je la pris et le laissai m'attirer sur ses genoux. À cet instant, je ne pouvais pas davantage lui résister que je ne pouvais dire à mon cœur de ne pas battre.

Il fit glisser mon fourreau vers le haut pour m'exposer. Ses jambes bougèrent, renversant mon cul plus haut. Cela lui permettrait de tout voir, mon derrière nu frémissant, le duvet couvrant mon sexe rougi, mes pâles cuisses en dessous.

— As-tu déjà été punie de cette façon ?

— Non, monsieur.

Cela semblait la chose à faire, de continuer à l'appeler de cette manière.

— Bonne fille, gloussa-t-il.

Il prit ma fesse gauche dans sa paume et fit palpiter l'endroit entre mes jambes. Je me décalai et l'épais bâton de sa bite grossit sous mon ventre.

Sa main pressa fortement.

— Reste immobile, petite, dit-il alors que sa voix était grave et pesante, gutturale. Tu ne veux pas me tenter plus que tu l'as déjà fait.

Je tendis la tête et croisai son regard doré embrasé. Knut me tenait toujours, mais à présent, l'homme était parti, remplacé par un prédateur à l'état pur.

Ses doigts dérapèrent dans la fente de mon cul et je gémis. Pas parce que cela faisait mal, mais parce que mon sexe laissa couler davantage de crème, menaçant d'humecter sa jambe.

Knut devint très calme.

— Tu aimes ça, grinça-t-il. Tu es prête pour moi, prête pour…

Au lieu de finir sa pensée, il glissa ses doigts plus bas. Quelques centimètres et il atteignit mon centre douloureux. Je voulus le combattre, alors même que j'en désirais plus.

Il enleva sa main, la plaçant sur mon dos, alors qu'un gémissement m'échappait.

— Noisette, je vais te punir à présent.

— Est-ce que… est-ce que ça va faire mal ?

— Oui, dit-il gentiment. C'est le but, pour t'instruire. Dans la meute, les ordres doivent immédiatement être obéis. Je suis un meneur, au sommet de la horde, mais même moi je dois écouter mon Alpha. Ta punition sera assez dure pour te réprimander, mais je ne te ferai pas vraiment mal.

— Je ne comprends pas.

— Tu verras.

Sa main s'abaissa en donnant une claque.

— Est-ce que cela a fait mal, petite ?

Je laissai sortir une bouffée que j'avais retenue.

— Oui, mais pas beaucoup.

Il la fit suivre d'une autre fessée et je perdis à nouveau mon souffle. Quand je luttai pour me lever, il me tint fermement et en distribua quelques-unes de plus en une rapide succession.

— Parce que tu es nouvelle à cette pratique, je réchaufferai juste ton cul. La prochaine fois, tu m'écouteras immédiatement ou tu recevras le double de punition. Une première fois sur mes genoux, et à nouveau avec une bande de cuir, allongée sur une table ou un rondin. Tu te tiendras dans le coin avec tes mains sur ta tête entre les deux.

Mon sexe se serra.

Sa main tapa, je cognai du pied et il gifla ma fesse droite, et puis la gauche, frappant malicieusement, mais avec suffisamment d'énergie pour laisser une piqûre cinglante. Il n'utilisait pas toute sa force, pas même un quart.

La douleur pulsa au niveau de mes endroits secrets, les rendant encore plus glissants. Mes frétillements aplatirent mes seins contre ses cuisses fermes et mes tétons s'irritèrent contre le muscle rigide. Je devais m'enfuir avant que les tourbillons de feu s'enroulant en moi se transforment en un incendie écrasant.

Knut frappa une nouvelle fois et je criai alors que la chaleur se changeait en brasier. Mon sexe dégoulina.

— Non, dis-je en essayant de partir en me tordant. Tu dois arrêter.

Il saisit mes mains dans mon dos et les tint là.

— Reste tranquille, m'avertit-il à nouveau. Tu seras immobile et prendras ta punition.

Sa main s'abattit encore, mais cette fois en massant la

chair irritée, apaisant la douleur. Toute la souffrance s'envola, laissant une palpitation intense, presque agréable.

— Oh, non, gémis-je.

— Fais-moi confiance.

Mon derrière cognait, la piqûre transperça mon centre même. Mon sexe fit mal, désirant son contact.

— C'est la façon dont les loups punissent leurs vilaines compagnes, m'indiqua-t-il. Seras-tu une bonne fille à partir de maintenant et m'écouteras-tu ?

— Oui, dis-je, d'une voix qui sortit en une ruée essoufflée.

Sa paume attrapa le dessous de mon derrière et je couinai.

— Oui…?

— Oui, monsieur.

— Bonne fille.

Il s'occupa à appliquer une salve de fessées, couvrant chaque centimètre de mon cul. Je dansai sur mes doigts de pieds, geignant. C'était juste à la limite de ce que je pouvais supporter.

Je cessai d'essayer de le combattre et me soumis.

Je me laissai molle sur ses jambes avant qu'il n'arrête.

— Et à présent, la punition pour avoir hésité à venir à moi lorsque je te l'ai demandé plus tôt, dit-il. Tu apprendras à obéir immédiatement et à courir dans mes bras ou te mettre dans mon giron quand j'en donne l'ordre. Ouvre tes jambes, Noisette.

Lentement, j'écartai ma position, la tête pendant vers le bas et la main serrant sa jambe, je fermai les yeux à la pensée de ce qui allait arriver.

Au début pourtant, il ne tint que mon sexe dans le creux de ses mains. Il fit un arrêt pour presser mon cul et ses doigts dérapèrent plus bas pour s'occuper de mes plis glissants.

— Ooooh.

Il frappa une fois, deux fois, des gifles légères qui ne

piquèrent pas, mais retentirent en moi d'une manière diffé-
rente. Je haletai alors que la chaleur se précipitait en moi.

— Quelques-unes de plus, murmura-t-il.

Une pause, et puis un grand impact sur mon centre. Sa
force me fit m'ébranler vers l'avant, mais je me repoussai une
nouvelle fois, avide d'en avoir plus. Les tissus entre mes
jambes s'enflammèrent, fourmillant, et prenaient vie à
chaque claque. Il me fessa encore et encore, jusqu'à ce que je
m'exclame et fasse une ruade. L'anneau tendu en moi se cassa
net, le plaisir inondant mon corps.

— Te voilà, dit-il en caressant mon derrière.

Quand je poussai pour me mettre debout, il m'aida à me
hisser sur mes pieds et à replacer mon fourreau.

— Tu vas bien ?

Je hochai la tête. Il prit ma joue dans sa paume et je ne pus
m'empêcher de m'appuyer contre sa cajolerie.

— Si adorable, murmura-t-il. Une telle guerrière, mais
ton corps sait à qui il appartient.

Je fis un mouvement brusque en arrière. Je ne l'avais pas
du tout combattu. J'étais supposée être plus forte que ça.
Tracer mon propre chemin, aller dans ma propre direction.
Ne pas faire confiance si librement ou me plier aux décisions
d'un homme. N'avais-je rien appris de mon temps à l'abbaye ?

Knut me lâcha. Sa bite pressait contre le devant de ses
hauts-de-chausse quand il se redressa, mais il l'ignora.

— Je vais aller chercher davantage de bois à brûler.

Aussitôt qu'il partit, je ressentis son manque. Je le suivis
presque. À la place, je bougeai à la fenêtre qui surplombait le
jardin.

La lune s'était levée. Elle serait bientôt pleine. Elle amène-
rait toute une armée supplémentaire de soucis.

Je gardai mon derrière crispé alors qu'il entrait et s'occu-
pait du foyer. Les sensations que Knut avait déclenchées
pendant ma fessée tourbillonnèrent en moi. Je connaissais à

peine ce combattant et mon corps répondait déjà à ses caresses. Je n'avais jamais ressenti un tel plaisir. J'en convoitais déjà plus. J'étais chaude, nourrie et plus en sécurité que je ne l'avais jamais été. J'avais tout, à part oublier mes plans de m'échapper. Au lieu que ce soit le guerrier, c'étaient mes propres désirs qui me gardaient ici.

— Noisette, viens.

Il n'y avait nulle part où m'enfuir, mais mes pieds me traînèrent pour aller vers lui. Il me prit immédiatement dans son giron, sur la couverture devant le feu.

— Ma douce, dit-il en frottant son pouce sur ma joue. Je sais que c'est nouveau et dur, mais nous nous en sortirons. Et tu apprendras les manières d'être ma compagne.

Malgré moi, je soupirai et me fondis en lui.

— Je sais que je suis rude avec toi. Toute ma vie, je suis allé faire la guerre, murmura-t-il dans mon oreille. Quand nous serons de retour à la montagne qui est ma maison, tu rencontreras les autres femelles qui sont devenues des femmes de Berserkers. Elles t'expliqueront ce que je ne peux pas.

— Est-ce que toutes les femelles de la meute sont traitées de cette façon ?

— Oui, quand elles le méritent. Il y en a seulement quatre, toutes des sœurs. Et maintenant, toi. Je ne sais pas ce que j'ai fait pour mériter un tel trésor, mais je passerai ma vie en gratitude.

Je pressai mes yeux fermés. Il connaissait son chemin. Il était un guerrier. C'était si simple pour lui, il tuait ses ennemis et prenait ce qu'il voulait. J'étais celle qui combattait des conflits à l'intérieur d'elle-même.

KNUT

*J*e tournai ma femme pour qu'elle se mette face à moi, seulement pour découvrir ses yeux débordant de larmes.

— Oh, petite.

J'étais défait. Je ne possédais aucune arme pour combattre sa tristesse. Son corps répondait au mien, comme le faisait le mien avec le sien, mais elle résistait à ses désirs. Je ne savais pas pourquoi. J'abattrais toutes ses peurs, si je le pouvais.

— Tu es forte, fredonnai-je. Je t'ai vue faire face aux Hommes Gris. Adorable et si courageuse, ma charmante petite compagne.

L'enveloppant dans mes bras, je l'attirai vers le bas sur le lit que j'avais préparé devant le feu.

Après quelques soupirs tremblants supplémentaires, elle s'endormit.

Je me blottis contre son cou, inspirant l'odeur de ses cheveux.

Ma bête savait qu'elle était mienne, je savais qu'elle était à moi. Son corps le savait aussi.

Son esprit devait encore choisir.

* * *

Je dormis légèrement, et au matin, je laissai Noisette enroulée devant le foyer froid. La journée était lumineuse et belle, bien que des nuages d'orage tourbillonnassent encore dans le ciel lointain, juste au-dessus de la grotte du Roi Cadavre. Le mage était en colère de la perte de sa potentielle femme.

Alors que je rapportais de l'eau, que je trouvais davantage de bois à brûler, et que je posais quelques pièges pour attraper notre diner, ma tête palpita d'un appel provenant de plusieurs lieues.

— *Les Berserkers sont attaqués. Reviens à la maison.*

Les nombreuses lieues entre la montagne et moi, étaient suffisantes pour étouffer les liens de la meute, mais le lien de l'Alpha était plus fort. L'ancien Knut aurait couru au travers du feu et de la mort pour obéir à l'ordre. Mais à présent, j'avais Noisette.

— *Reviens à la maison.*

Mes pieds commencèrent à se diriger vers l'ouest, la direction de la montagne. Je me retrouvai à la rivière avant de pouvoir m'arrêter. Quand je le fis, ma tête martela jusqu'à ce que je place un bouclier dans mon esprit.

J'avais passé une vie entière à obéir aux ordres de l'Alpha. Mais maintenant, je leur résisterais.

Laissant Noisette dormir, j'examinai minutieusement le sol, ravi quand je trouvai une cave à légumes avec quelques pommes et patates encore fraîches dans l'espace froid. Si nous restions une nuit supplémentaire, je pourrais chasser en tant que loup et m'assurer qu'elle serait bien nourrie. Aussi adorable qu'elle fût, cela ne me dérangerait pas de la faire un peu grossir avant l'hiver. La pensée de me pelotonner avec elle durant les mois froids, me rassasiant de ses courbes, fit forcer ma bite contre ma culotte. Mes dents grincèrent à la douleur.

Faisant un détour dans la forêt, je m'appuyai contre un tronc d'arbre et libérai ma queue déchaînée. Quelques minutes pendant lesquelles je me souvins du cul rebondi de Noisette renversé sur mon genou, et je giclai si fort que je tombai presque par terre. Haletant, je m'affaissai contre le tronc et luttai pour garder le contrôle. Ma vision vacilla alors que la bête hurlait, essayant de se libérer.

Les Alphas d'un côté, le Roi Cadavre de l'autre. Et la bête à l'intérieur, qui testait mon fragile contrôle. Mais je devais tout risquer pour revendiquer ma compagne.

Je défierais l'ordre de l'Alpha. Je ne retournerais pas à la montagne jusqu'à ce qu'elle porte ma marque et accepte notre relation.

IL Y AVAIT un parfum glacial dans la brise quand je retournai à la ferme, portant un nouveau bâton que j'avais coupé sur un arbre et que j'avais râpé. Les nuages se déplaçaient en s'approchant, le Roi Cadavre cherchant ce qu'il avait perdu.

Je m'immobilisai alors que Noisette apparaissait, charmante, les joues rosies, frottant le sommeil dans ses yeux. Ma bite reprit à nouveau vie.

— Viens, proposai-je en me levant et tendant ma main.

Du plaisir s'enroula en moi alors qu'elle obéissait.

Après m'être assuré qu'il ne restait pas d'échardes, je lui donnai le bâton.

— Qu'est-ce ?

— Je vais t'apprendre à combattre, lui dis-je.

— Ici ? Maintenant ? questionna-t-elle en jetant un coup d'œil à la tempête en approche.

— Pour passer le temps. Nous restons ici jusqu'à demain.

Ce soir, tu mangeras bien et tu te reposeras encore. Ce matin, tu apprendras à te battre.

Elle mordit sa lèvre, tenant la baguette de façon hésitante.

— Ne devrais-je pas simplement utiliser le bâton de la sorcière ?

— C'est mieux d'utiliser ce type de pouvoir avec modération. S'il appartient à la sorcière que je connais, elle voudra le récupérer un jour.

La vérité était que je ne voulais même pas que ma femme touche au bâton effrayant. La magie avait toujours un prix.

— Si tu es assez rapide, tu pourras peut-être apprendre à me vaincre, lui dis-je.

Elle se moqua, mais se dérida un peu, l'excitation se décuplant dans son parfum. Elle était si charmante, ses membres fluides et solides, son cou dénudé et son épaule appelant ma marque.

Une rougeur s'éleva sur ses joues à mon regard insistant et je souris de manière plus prononcée.

— Viens, Noisette, dis-je en désignant un endroit en face de moi. À moins que tu aies peur ?

NOISETTE

J e fronçai les sourcils alors que je soupesais le bâton dans mes mains. Insupportable guerrier. Il se tenait torse nu dans sa culotte de cuir, les lèvres parfaitement courbées, avec un rictus moqueur. Un tableau à couper le souffle. À mon réveil, enveloppé de son odeur, mon corps avait été parcouru de frissons. Je m'étais allongée là un moment, rêvant du spectre de sa main jouant sur ma chair passionnée. Le souvenir de la fessée qu'il m'avait donnée était suffisant pour souhaiter me toucher entre les jambes.

Une inclinaison de sa tête me dit qu'il sentait mon excitation. Redressant brusquement mon menton, je me résolus à le frapper avec le bâton autant que je le pourrais.

Je me dirigeai pour lui faire face.

— D'abord, nous allons travailler la position.

Il m'enseigna à me tenir avec les jambes écartées, plantées fermement, mais légèrement sur les plantes de mes pieds, et prêtes à me balancer en arrière et à bondir vers l'avant. Il bougea autour de moi, positionnant mes bras et mes épaules.

Son contact fit chauffer mon corps plus que le soleil matinal.

— Les Hommes Gris sont forts, mais n'anticipent pas les coups. Tu peux les charger. Vise leurs jambes, n'essaye pas de les maîtriser. Utilise ta vitesse. Ta taille menue. Esquive et esquive. Utilise ta présence d'esprit plus que tes muscles, et tu pourras assez les embrouiller pour avoir une chance de t'enfuir.

— Tu sais ça d'après les quelques combats que tu as faits contre eux ?

— Ouais. Des vies sont perdues dans les secondes nécessaires pour cerner ton opposant, bien avant qu'il abatte le coup fatal.

Il me fit attaquer et parer jusqu'à ce que mes bras me fassent mal. Alors que le soleil grimpait haut, il alla chercher le seau d'eau et me fit m'arrêter pour manger quelques pommes et de la viande séchée, insistant quand je refusai.

— Tu es un bon professeur, lui dis-je entre deux bouchées.

— On a fait appel à moi pour enseigner aux jeunes combattants.

— C'est plus que ça, devinai-je. Tu es un bon guerrier. L'un des meilleurs de la meute.

— J'apprendrai à combattre à nos fils, déclara-t-il en inclinant sa tête, un mouvement gracieux suivi d'un sourire soudain.

Mes sourcils se levèrent.

Par de rapides enjambées, il franchit la distance entre nous. Alors qu'il se penchait vers le bas, sa main se posa sur l'arrière de mon cou, un contact possessif que j'appréciais beaucoup trop.

— Bientôt, je te marquerai correctement, pour que la meute sache que tu es à moi. Nous retournerons à la montagne et célébrerons notre union durant une lune entière. Tu passeras tes nuits sur ton dos en dessous de moi et tes journées dans mes bras, trop courbaturée pour marcher. Dans l'année, tu donneras naissance à notre premier enfant.

Ma bouche tomba bée.

— Dis-moi que tu ne le souhaites pas, me défia-t-il, en levant son menton.

Je ne pouvais pas répondre. Mes joues s'enflammèrent et mon corps trembla de désir. Du liquide dégoulina entre mes lèvres inférieures. J'étais chaude et prête pour lui.

— Ai-je le choix ? demandai-je en secouant la tête.

— Tu n'en veux pas un. Ton corps m'a choisi, indiqua-t-il d'un air suffisant.

Son regard tomba sur mes tétons, qui pointaient au travers de la robe que je portais.

Je posai mes mains sur mes hanches.

— Tu as dit que nombreux sont ceux de la meute qui ont besoin de compagnes. Peut-être que quand tu m'emmèneras à la montagne, je les rencontrerai tous et je déciderai...

Ma tête fit un mouvement brusque en arrière quand son poing saisit mes cheveux.

— Tu es à moi, grogna-t-il.

Ses yeux flambaient d'une lumière dorée et je m'immobilisai, le pouls bondissant dans ma gorge, je fixai du regard le prédateur à l'intérieur. Ses doigts se serrèrent dans mes cheveux, toute sa gentillesse avait disparu.

— Si tu t'enfuis, je te pourchasserai. Si tu résistes, je te maîtriserai. Repousse-moi et je t'emmènerai au lit et te fesserai, et te stimulerai encore et encore jusqu'à ce que tu enroues à force de crier mon nom.

Sa bouche s'écrasa sur la mienne. Il me tourna vers lui et me tint fermement, ses lèvres dévastant les miennes encore et encore. Mes genoux se dérobèrent alors que la chaleur enflammait nos corps, amenant à la vie chaque terminaison nerveuse. Ses doigts plongèrent sous l'ourlet de ma courte robe et s'enfoncèrent dans mon sexe humide. Je m'arquai, mes cris engloutis par sa bouche sans pitié.

Mon corps devint flasque dans ses bras. Je sus à peine quand il enleva sa bouche. Il m'entraîna contre son ferme torse, me bloquant contre lui.

— Ne me tente pas, Noisette. J'utiliserai tout mon pouvoir pour te faire admettre que tu es à moi.

KNUT

*P*lus tard dans la journée, je lavai mon visage dans le ruisseau. Ma tête palpitait toujours de la pression provenant de ma résistance à l'appel de l'Alpha. Je manquais de temps.

Tout l'après-midi, Noisette avait été silencieuse. Je n'avais pas eu l'intention de l'effrayer, mais mon contrôle était si mince. C'était tout ce que je pouvais faire pour ne pas bondir, la mettre au sol et m'enfouir profondément en elle. Je la baiserais fort et longtemps, jusqu'à ce qu'elle oublie tout, sauf la sensation que nous n'étions qu'un.

Elle méritait un compagnon plus résistant. J'étais plus puissant que la plupart des êtres vivants sur terre, mais je n'étais pas assez fort pour la laisser partir.

Je rejetai ma remarque, sabotant l'image avant de retourner à la cabane.

La tempête avait disparu, mais la journée était encore froide, une fraîcheur hors saison pour la mi-été. L'odeur de fumée dans le vent me mit mal à l'aise. Les Hommes Gris ne seraient pas capables de traverser la rivière, mais le Roi Cadavre pourrait avoir d'autres moyens.

Bientôt, nous aurions à revenir dans la sécurité de la montagne. C'était imprudent de rester à l'écart de la meute, et dangereux. Les relations avec la horde aidaient à maîtriser la bête. Mais je ne pouvais pas faire face à mes frères d'armes avant d'avoir pleinement revendiqué ma compagne.

J'avais toujours été respecté par le collectif, assez fort pour être autonome quand d'autres succombaient à la rage des Berserkers. Des Berserkers comme Leif et Brokk avaient formé des liens fraternels entre eux, pour soutenir le contrôle de l'un et l'autre. Ils partageraient tout, même une femme.

Je ne m'étais jamais connecté avec un autre guerrier. Je n'avais pas besoin d'aide et j'en étais heureux, car je ne tolèrerais pas qu'un autre homme touche Noisette. Mais un loup solitaire était un loup mort. Trop longtemps seul et la bête revendiquerait mon esprit pour toujours. Demeurer à l'écart de la meute, résister à l'appel de l'Alpha, et je risquais à la fois la vie de Noisette et la mienne.

Je devais trouver un moyen de courtiser cette femme. Je devais la convaincre qu'elle était à moi, avant qu'il ne soit trop tard.

Je marchai à grandes enjambées pour retourner à la hutte. La fille était dans le cellier de légumes à choisir lequel manger.

—Noisette, beuglai-je. Viens à l'intérieur.

Elle arriva en trottant, des patates rassemblées dans ses bras. Mon cœur et ma bite bondirent comme ils l'avaient fait la première fois que je l'avais vue. Elle paraissait chez elle ici, les cheveux en une tresse épaisse, la peau douce et tannée témoignant des nombreuses heures à travailler au soleil.

L'excitation brûla dans son parfum alors qu'elle s'approchait de moi. Son battement de cœur cogna aussi fort que le mien.

Elle me répondait si bien. Ce qui me faisait tenir bon pour garder le contrôle, tout en étant une torture.

Ses joues étaient rouge écarlate en s'arrêtant sur le palier.

— Je pars pour chasser, l'informai-je. Tu resteras dans la maison.

Elle hocha la tête, réticente à me mettre en colère après notre dernière dispute. J'avais obtenu sa déférence avec un baiser, mais je n'avais pas gagné la guerre.

Je me décalai du passage pour qu'elle puisse entrer dans la cabane. Elle garda ses yeux baissés jusqu'à ce que je prenne son menton et que je la force à le lever.

— S'il y a un danger, je reviendrai immédiatement. Tu obéiras à mon commandement.

— Oui, monsieur.

— Bien.

Je m'inclinai pour remplir mes poumons de sa délicieuse odeur. Ma bite luttait pour se dégager de mes hauts-de-chausse et je laissai échapper un grognement.

— *Rentre à l'intérieur.*

J'envoyai la pensée dans son esprit, testant le nouveau lien entre nous. Elle devait l'avoir entendu, car elle décampa dans la cabane et claqua la porte.

J'attendis un moment, combattant la bête. Ce serait si facile d'arracher la porte de ses gonds et de la ravager.

Ma main percuta le côté de la hutte, la faisant trembler. La bête en moi rôdait, sentant ma faiblesse. Combien d'heures, combien de jours avant qu'elle se libère ?

Me forçant à m'éloigner, je me déshabillai et me Transformai en loup. J'allais chasser jusqu'à la tombée de la nuit et revenir avec un couple de proies. Rien ne disait mieux « Je serai un bon compagnon » que des lapins morts en cadeau.

La vie était plus simple en loup.

* * *

QUELQUES HEURES PLUS TARD, satisfait du résultat de ma chasse, je suivis un parfum agréable jusqu'à la maison. La femme avait dû mettre quelques herbes sur le feu, car la fumée avait une odeur sucrée.

Je pris le temps de me laver dans le ruisseau et de préparer le gibier que j'avais attrapé. La traque avait été longue, mais réussie. Pour le moment, la bête était silencieuse.

Une épaisse lune d'été éclaira mon chemin alors que je traversais le jardin jusqu'à la cabane. Je m'arrêtai pour ajouter quelques brins d'herbe qui iraient bien avec les lapins. La Transformation de loup à homme me laissa avec une grande peau blanche supplémentaire, pendue à mes épaules. Un autre cadeau pour Noisette. Le loup aimait la voir marcher entourée de son odeur.

Elle me rencontra au niveau de la porte, les joues rougies, presque rayonnantes à la lueur de la lune. Je serais tombé à genoux et l'aurais vénérée telle une déesse, si je n'avais pas tenu les lapins.

— Knut, s'exclama-t-elle.

Sous sa senteur florale, de la peur teintait son parfum.

— Qu'est-ce qui ne va pas ? demandai-je alors que mes instincts vrombissaient de vie. Où est le danger ?

— Pas de danger, dit-elle en secouant la tête, mais elle tremblait.

Je m'avançai pour la prendre dans mes bras, la réprimander de ne pas rester au chaud, et elle fit un brusque mouvement de recul.

— Ne me touche pas.

— Qu'est-ce ? Vas-tu bien ?

— C'est rien. Juste... ma maladie. Elle vient et part avec la lune, dit-elle en fermant ses mains devant elle, et me faisant un regard de supplication. Tu dois me ramener à l'abbaye.

NOISETTE

*E*n fronçant les sourcils, Knut me poussa à l'intérieur. Il posa sur la table ce qu'il portait, un paquet repoussant de gibier sans tête.

Quand il me fit à nouveau face, je remarquai qu'il se tenait entre la porte et moi. Cela n'avait pas d'importance, je ne pouvais pas le combattre ou m'échapper, mais je devais lui faire comprendre.

La fièvre avait débuté aussitôt que la lune s'était levée. Elle arrivait sur moi à toutes les pleines lunes, mais quelque chose, peut-être le temps passé dans l'étreinte du guerrier, l'avait amené en avance.

Knut se profila au-dessus de moi.

— Parle-moi de cette maladie.

— C'est une malédiction, tout comme la tienne. Elle vient sur nous... quelques-unes de mes sœurs de l'abbaye et moi-même.

Je tordis mes mains. La simple vue de cet homme faisait saliver ma bouche, humidifier mon sexe, et se serrer mes organes de désir.

— Combien de temps cela dure ?

— Quelques jours. Quand j'étais à l'abbaye, le moine cloî-trait les femmes qui entraient en chaleur. Je m'endormais en les entendant gémir et crier comme si un démon les possédait.

— T'a-t-il enfermée ?

— Je lui ai caché, lui dis-je en secouant la tête. Mais c'est pire ce soir, tellement pire. J'ai mal. J'ai presque... palpé entre mes jambes.

Il fit une pause.

— Tu voulais te toucher ?

— Oui.

— Mais tu ne l'as pas fait ? questionna-t-il alors que sa voix était plus grave, plus épaisse.

Je secouai la tête.

— Pourquoi pas ?

— Quoi ?

— Pourquoi ne t'es-tu pas caressée ?

— Parce que c'est malsain, chuchotai-je. C'est une malé-diction de la lune. Je ne dois pas céder. Tu dois m'aider.

Chaque seconde qui passait m'approchait du moment où je perdrais le contrôle, j'échouerais et je voudrais entrer en rut contre lui comme une chienne en chaleur. La honte brûla mes joues.

— S'il te plaît, aide-moi.

— Je vais t'aider.

— Tu vas me ramener ?

— Non, Noisette, dit-il alors qu'une lueur jaune lumineux flambait dans ses yeux. Je ne te laisserai jamais partir.

— Alors que...

Il posa un doigt sur mes lèvres.

— Chut. Je suis ton compagnon et je te procurerai ce dont tu as besoin. Tu me feras confiance.

— Je ne veux pas perdre le contrôle.

— Alors, donne-toi à moi. Je te protègerai du mal.

— Tu dois m'attacher, dis-je en m'agrippant à ses avant-bras. Je gémirai et supplierai, mais tu ne dois pas me libérer. S'il te plaît.

— Très bien, dit-il de sa voix rauque.

Il me ficela à une chaise robuste en utilisant des bandes de cuir mou qu'il avait trouvé.

— Une corde tiendra mieux, l'informai-je.

— Nan, petite. Je ne te permettrai à rien d'irriter ta douce peau.

Sa caresse lança une flamme en moi.

Pratiquement dans les affres de la maladie, je ne discutai pas.

Je me détendis seulement quand je fus totalement attachée. Il m'avait installée à proximité du feu, dans un flot de lueurs brillantes de la lune.

— Tu es magnifique, me dit-il.

Ses doigts frôlèrent mes lèvres et je soupirai, pleurant presque de soulagement. Il pouvait me toucher et je pouvais répondre sans peur de me déshonorer.

— Merci.

Il me fit un regard étrange et s'occupa en embrochant et rôtissant le gibier. Quand ce fut fini, il vint avec un bol de viande et un couteau.

— Tu mangeras, ordonna-t-il, coupant des morceaux pour les placer dans ma bouche.

Alors qu'il se penchait vers moi, une chair de poule se leva sur ma peau nue.

— Tu as froid, petite ?

— Non.

Sous le fin fourreau, ma poitrine était rougie. De la sueur dégoulina entre mes seins.

— Ce n'est rien, me forçai-je à sourire.

Knut ne parut pas content, mais il continua sa tâche de me nourrir.

Je léchai mes lèvres, dégustant la graisse. Il tint un autre morceau vers ma bouche et ma langue donna une chiquenaude pour le goûter, ainsi que lui.

Jetant un coup d'œil à la lune, je testai les liens de mes jambes, mais ils tinrent bon.

Il se leva pour aller prendre plus de viande, la bosse dans son pantalon à hauteur d'yeux. Une vague douloureuse de désir me lessiva, la pression montant dans le bas de mon ventre. Ma tête tomba en arrière alors que je tirais de toutes mes forces vers l'avant avec mes hanches.

Knut se tourna au son de mon gémissement.

— Qu'est-ce qui ne va pas ?

— Ça vient, haletai-je. Je ne...

Je jetai ma tête d'avant en arrière.

— Noisette, dis-moi... que se passe-t-il ?

— Si chaud, m'exclamai-je. Trop chaud.

— Un instant, grogna-t-il, et il défit les liens au niveau de mes poignets.

— Non... arrête...

De ses doigts rapides, il souleva la toge au-dessus de ma tête, la retirant. De l'air frais me recouvrit. Mais à présent, j'étais nue et à moitié libre.

— Que fais-tu ? criai-je alors même que mon corps bondissait de vie.

— Je vais t'aider, dit-il en s'agenouillant devant moi. Tu assouviras ta luxure avec moi. Soumets-toi à moi, Noisette. Je romprai ta chaleur et tu ne souffriras plus jamais.

Il mit sa main sur ma cuisse et cela brûla.

— Non, protestai-je. Je ne veux pas ça. Je ne suis pas prête. Knut, s'il te plaît.

— Tu t'es échappée de l'abbaye et de ceux qui te gardaient captive. Pourquoi ne t'autorises-tu pas à être libre ?

— Je... ne peux pas, dis-je en suspendant ma tête.

Il s'éloigna et je commençai une nouvelle fois à lutter.

— Knut, ne me laisse pas comme ça. Tu dois m'attacher, tu dois m'aider...

— Shh, shh, petite. Je suis là. Je t'immobiliserai à nouveau.

Je sanglotai de soulagement quand mes mains furent sécurisées.

— Noisette, me fais-tu confiance ?

Le grand guerrier avait un seau d'eau et une minuscule fourrure dans sa main.

— Que vas-tu faire ?

— Shhh. Je te ferai te sentir mieux.

Il trempa la fourrure dans le liquide et l'essora avant de presser sa fraîcheur soyeuse sur ma peau brûlante.

— C'est mieux ?

— Oui, soupirai-je.

Il lava mon corps de cette façon et je me soumis à ses caresses.

— Ça fait tant de bien.

— Plus de nourriture ?

J'acquiesçai, mais cette fois quand ses doigts touchèrent mes lèvres, je les suçai, les nettoyant frénétiquement jusqu'à ce qu'il les retire, en grognant.

— Pas de ces taquineries, Noisette.

— Ou quoi ? ronronnai-je.

— Ou je te détacherai et boursouflerai ton cul avant de te mettre à genoux pour t'occuper de ma bite.

Je haletai. Mes hanches commencèrent à se balancer.

— Knut, s'il te plaît.

D'un juron, il s'accroupit devant moi.

— Qu'est-ce qu'il y a, petite ? Dis-moi ce dont tu as besoin.

Mes tétons se dressèrent alors qu'il passait son regard dessus.

— Mes seins. Ils font mal.

— Supplie, Noisette. Supplie-moi pour ce que tu veux.

— Touche-les, s'il te plaît.

Mon esprit était parti, toutes pensées expulsées par l'excitation martelant mon cerveau.

— S'il te plaît, dis-je en tirant de toutes mes forces vers lui. Je mourrai si tu ne les touches pas.

— Très bien, très bien, chut.

Ses mains râpeuses prirent ma chair et je soupirai sous son contact.

— Merci. J'ai besoin de plus. J'ai besoin...

Il les pétrissait déjà, frottant son pouce contre mon mamelon d'une manière qui envoya du plaisir fusiller directement mon sexe. Je suppliai avec des gémissements sans mots alors qu'il pinçait mes tétons, au début légèrement, puis en appliquant de plus en plus de pression.

— Est-ce que ça fait mal ? s'enquit-il en regardant attentivement mon visage.

De l'excitation suivit la piqûre, faisant partir toute douleur.

— Non. Plus.

Il fit ce que je demandai, mais je ne sentis rien excepté les vagues accablantes de désir, léchant mon sexe.

Knut se pencha sur moi, fronçant les sourcils de concentration. Ses lèvres étaient si proches de ma peau...

Mon corps s'arqua vers lui, pressant jusqu'à ce que les liens compriment ma chair.

— Calme-toi.

Il me massa, me repoussant vers le bas.

Ma respiration sortit en des halètements superficiels.

— Je... ne peux pas...

Du liquide coula de mon corps. Formant une flaque sur la chaise, mouillant mon derrière et mes cuisses.

— Je suis perdue, dis-je alors que des larmes crevaient mes yeux. Knut, je ne sais pas pourquoi je suis comme ça. J'ai essayé de résister. J'ai prié et prié...

— Shhhh, m'apaisa-t-il et il pencha sa tête, prenant mon téton entre ses dents.

— Oh, m'exclamai-je, les hanches dansant, tirant d'un coup sec pour l'inviter. Oh, oui.

— Tu aimes ça ? questionna-t-il en me faisant un petit sourire, et la lueur de la lune éclaira ses dents aiguisées de devant. Sans attendre de réponse, il inclina sa tête et lécha mon sein.

— Ahh, gémis-je à moitié, et soupirant à moitié.

Des larmes coulèrent de mes yeux.

Le grand guerrier resta agenouillé devant moi, la tête blonde pliée pour me donner du plaisir. Sa bouche se fraya un chemin le long de mon corps nu. Lentement, si doucement, il tâta de sa langue le pli entre mes jambes et le monticule, se délectant de mon miel.

Je retins mon souffle, souhaitant qu'il aille plus près, pour toucher l'endroit où j'avais le plus besoin de lui.

Quand il posa sa bouche sur mon sexe, la chaleur de celle-ci correspondant à la mienne, du plaisir m'inonda. Sa langue plongea profondément et je sanglotai de bonheur, me balançant autant que je pus avec mes liens.

Quand il leva sa tête, encore mouillée de ma butte, je frémis. Mon odeur se mélangea à la sienne, puissante et légitime. Nous étions faits pour être ensemble, nos corps entrelacés aussi proche que le permettraient nos chaires. Je le voulais sur moi, en moi. Je désirais être remplie de son essence. Je le voulais.

— Prends-moi, suppliai-je. Knut, je suis prête. Je veux être à toi. *Je veux n'être qu'un.*

Ses doigts patinèrent sur le haut de mes cuisses et je sus qu'il avait entendu mon message mental.

— Es-tu vierge, petite ?

— Oui.

— Tu es prête pour m'avoir tout entier ?

Libérant ma main, il la pressa à l'avant de sa culotte. Je traçai l'épaisse barre de sa bite, m'émerveillant de la taille.

— Oui.

Gentiment, il repoussa ma main.

— Je te donnerai du plaisir, mais je ne te prendrai pas. Tu apprendras mon corps, apprendras ma voix. Tu te pencheras vers moi comme la fleur se tourne vers le soleil. Puis, et seulement alors, je te marquerai et te ferai mienne.

— S'il te plaît, sanglotai-je.

Il entra en moi avec des doigts rugueux. Ma chatte mit un frein aux doigts, mes muscles internes papillonnant, fonctionnant, désespérés. De la sueur se déversa sur mon corps.

Un grave rugissement de lamentation remplit l'air, des cris de manque se déchirant du plus profond de mon être.

Knut ajouta ses lèvres et sa langue à ses doigts et je fus défaite. Je hurlai et du liquide se répandit sur sa main. Mon orgasme me revendiqua encore et encore alors que je me tortillai dans mes liens.

Il me détacha et frotta les marques rouges sur ma peau, avant de tenir proche mon corps exténué.

— *Knut*, le joignis-je dans mon esprit, un raccordement subtil, intime et doux.

— *Je suis là*, me rassura-t-il en m'étreignant plus fort. Tout va bien, fille. Tu es avec moi.

— Je peux t'entendre, m'exclamai-je.

— *Je sais.* C'est le lien.

Je levai ma tête et touchai ses lèvres, émerveillée.

— C'est le commencement, dit-il. Nous sommes connectés à présent par plus que de la chair et du sang. Tu ne me quitteras pas.

KNUT

— *J*'aimerais me laver, me dit Noisette.

Elle ne s'opposa pas à mes paroles, mais garda son visage détourné du mien.

— Qu'est-ce qui ne va pas ?

— Rien, assura-t-elle, et elle se leva pour marcher jusqu'au seau. J'ai besoin d'aller chercher de l'eau.

Je la croisai au niveau de la porte et bloquai son chemin.

— Je vais y aller.

— C'est inutile, dit-elle avec raideur. Je peux le faire.

— Es-tu fâchée contre moi, petite ?

— Non, dit-elle en lançant des regards furieux vers le sol.

J'avais donné ma vie pour cette femme. J'avais abattu tous ses ennemis. Je souhaitais qu'ils soient là, maintenant, pour que je puisse les tuer à nouveau, au lieu de me demander quoi dire d'autre.

— Quelque chose ne va pas. Tu pleures.

— Non, c'est pas vrai, dit-elle en essuyant ses yeux.

— Je te fesserai jusqu'à ce que tu me le dises, grognai-je.

Elle jeta le seau par terre, manquant mon pied de justesse.

Son caractère ne fit que me durcir et je ravalai un sourire. Mon petit lapin était une combattante.

— J'ai honte, lança-t-elle ce qui effaça tout mon humour.

— Pourquoi ?

— Je suis maudite.

— Noisette, ce n'est pas une malédiction, la corrigeai-je en saisissant sa main avant qu'elle puisse se détourner de moi. C'est ton don.

— Quoi ?

Son regard affligé serra mon cœur.

— Oh, petit amour, ils t'ont menti. Ils t'ont dit des mensonges pour contrôler ta lubricité, pour garder à l'intérieur ton vrai pouvoir. Mais maintenant, tu peux le laisser sortir, tu es en sécurité avec moi.

— De quelle façon suis-je en sécurité ? Je vais désirer des choses...

Des larmes se déversèrent le long de ses joues suffisant à me donner envie de blesser quelqu'un.

— Des choses que je ne devrais pas vouloir. Je ne sais pas comment les retenir. Je suis comme un démon, une femme possédée.

— C'est seulement ta chaleur d'accouplement.

— C'est de la luxure. C'est mal.

— Non, c'est naturel, lui indiquai-je en l'attirant plus près et prenant son sexe dans mes paumes. Sens ça. Ressens la façon dont nous sommes ensemble.

Elle se pressa automatiquement contre moi, ses hanches s'activant contre ma main jusqu'à ce que l'humidité entre ses jambes trempe ma peau.

— Non, s'exclama-t-elle en se retirant violemment en arrière. Je pensais que la fièvre faisait partie du passé, mais elle ne l'est pas. Tu devrais à nouveau m'attacher...

— Pourquoi ? demandai-je en serrant les dents à cause de

ma propre excitation. Tu es déjà liée. Tes chaînes sont dans ton esprit.

— Je vais chercher de l'eau, dit-elle, attrapant le seau et se précipitant en me contournant avant que je puisse l'arrêter.

Secouant la tête, je la suivis.

À la lueur de la lune, sa silhouette habillée d'un fourreau électrisa mon sang. Quand nous atteignîmes la rivière, ma bite était si dure que je pensais qu'elle pourrait fendre mes vêtements. Avec une grande satisfaction, je retirai ma culotte.

— Donne-moi ça, lui dis-je en marchant vers elle à grandes enjambées et en saisissant le seau. Elle se tourna, sifflant, sa bouche s'ouvrant bée quand elle vit que j'étais nu.

J'allai au ruisseau et pataugeai directement dedans. Le froid me fit japper comme un chiot, mais ne fit rien pour apaiser mon ardeur. Jurant, je m'immergeai et me levai en hurlant.

Noisette se tenait sur la rive, une silhouette blanche immobile. Elle aurait pu être un spectre, formé par la lueur de la lune pour tourmenter mes rêves.

Après avoir enlevé l'eau de mes cheveux, je marchai à grands pas vers elle, de l'eau ruisselant sur mes épaules. Ma bite dépassait encore de mon corps, dure et furieuse.

— Tu n'es pas la seule qui est maudite, lui rappelai-je. Il n'y a rien que tu puisses faire pour me blesser. Excepté te retenir.

— Mes gardiennes à l'abbaye...

— Étaient des idiotes. Elles ne comprenaient pas ce que tu étais. Elles t'ont enfermée. Mais tu es libre à présent et tu es toujours séquestrée dans une prison de ta propre confection.

Je tendis la main pour la toucher et m'arrêtai juste avant, un doigt planant sur ses lèvres.

— Tu le veux, murmurai-je et je l'observai alors qu'un frisson la traversait. Alors, Noisette, que choisiras-tu ?

NOISETTE

C'était tout ce que je pus faire pour garder mes yeux sur le visage de Knut et non pas sur l'organe dur prêt à me transpercer. J'humidifiai mes lèvres et son regard s'assombrit.

— J'ai peur.

— Alors, viens à moi. Je te baiserai jusqu'à ce qu'il n'y ait plus de pensées dans ta tête. Car tu es mienne et tu n'as rien à craindre.

Je me penchai vers lui, tellement tentée.

— Je ne serai pas contrôlée une nouvelle fois, comme je l'étais à l'abbaye. Je ne suis pas assez forte pour y survivre.

— Tu es plus forte que tu ne le crois, soupira-t-il. Je ne te laisserai pas partir, Noisette, je ne peux pas. Cela signifierait ma mort. Mais cette connexion, cette connexion que nous avons. C'est plus que des sentiments. Notre place est à côté l'un de l'autre, une âme dans deux corps.

Je remuai la tête.

— Cette pensée t'effraye ? demanda-t-il gentiment.

— Je ne sais pas pourquoi tu tiens à moi.

— Vraiment, renâcla-t-il. Il n'y a rien en toi qui ne me donne pas envie de te posséder.

Quand je ne répondis pas, il secoua la tête.

— Je suppose que tu veux connaître les raisons et que tu me feras rester là, nu, pendant que je les liste toutes.

— Tu es celui qui a enlevé ta culotte.

— Ouais, c'était ça, ou les déchirer de l'intérieur.

Il soupira à nouveau et le mouvement agita son érection d'une taille considérable.

— Très bien. Ce fut ton odeur qui m'appela au début.

J'attendis.

— Tu sais, la majorité des louves serait contente avec quelques lapins morts.

— Je ne suis pas une louve, rétorquai-je en croisant les bras.

— Enlève ton fourreau, proposa-t-il en inclinant sa tête et en m'examinant. Si je dois me dénuder totalement, alors tu dois le faire aussi.

Avec des mains tremblantes, je fis ce qu'il avait demandé. Comme toujours, son ton me contraignit. Aussitôt que la robe tomba à mes pieds, nous sûmes tous les deux mes vrais sentiments, car j'étais mouillée, humide et prête.

— Noisette, souffla-t-il.

— Il est tard, interrompis-je. Nous devrions retourner à la cabane.

— Ne me fuis pas, grogna-t-il.

À la lueur de la lune, je pouvais voir chaque ligne et chaque ombre de son visage. Knut l'homme était presque parti et la bête avait pris le dessus.

— Si tu t'enfuis, je te pourchasserai. Je t'étendrai et te prendrai de toutes les façons qui me feront plaisir, et je n'arrêterai pas jusqu'à être rassasié.

Malgré moi, je fis un pas en arrière.

— Noisette, prévint-il.

Je léchai mes lèvres, pour décider.

Tourbillonnant, je courus.

Pendant un instant, je pensai que je pouvais atteindre la hutte. Mes pieds battirent à un rythme effréné le sol de la forêt, ma respiration déchaînée dans ma gorge. Juste avant de surgir des bois, des bras puissants se fixèrent autour de moi, me soulevant alors même que mes jambes criblaient l'air.

— Reste tranquille, sortit-il avec des mots qui dévalèrent d'une gorge à peine humaine.

Knut me traîna à nouveau vers les berges de la rivière là où il avait lancé ses vêtements. Ses mains furent gentilles lorsqu'il me déposa sur le tissu, mais quand je luttai, il me plaqua.

— Reste tranquille, ordonna-t-il, et ma colonne se dégonda à son aboiement guttural.

Satisfait de mon immobilité, il saisit mes jambes, les ouvrant.

— Oui, oui, psalmodiai-je à voix basse, en tremblant.

En dépit de sa poursuite intense, il prit son temps pour m'inspecter. Mon sexe était humide et gouttait alors qu'il se penchait, reniflant, et qu'il léchait la longueur de mes cuisses. Quand il se blottit entre mes jambes, j'enfouis mes mains dans ses cheveux. Il mordilla mes lèvres inférieures. Saisissant mes poignets, il les épingla sur mes flancs.

— Oh oui, haletai-je une nouvelle fois.

Il installa la large tête de sa bite à mon entrée. Aussi mouillée que je fusse, sa pénétration brûla quand même.

— Ne me combats pas, petite, me conseilla-t-il. Respire.

Lentement, il poussa à l'intérieur, je m'étirai, déglutissant. Il percuta ma barrière et je criai de douleur.

Sa main se referma sur mon sein, pressant, envoyant une douce vague de plaisir en moi.

— De profondes inspirations, dit-il et il claqua ses hanches, s'enfonçant plus loin.

Je hurlai.

Il berça ma tête, faisant pleuvoir des baisers sur mon visage.

— Plus jamais. Cela ne fera plus jamais mal.

La douleur s'estompait déjà. Je fermai les yeux, savourant son poids satisfaisant sur ma charpente menue, ses bras et ses jambes me mettant en cage. J'étais en sécurité pour toujours, dans ses bras.

— *Regarde-moi,* ronronna sa voix dans mes pensées.

Je le fis.

— *Nos esprits sont un. Nos corps sont un. Tu guériras vite à présent.*

De la chaleur s'enroula en moi, il se déplaça un peu et je le sentis là où nos chairs se rejoignaient, une adéquation parfaite. Mon corps s'était déjà ajusté à l'étirement brutal.

Je verrouillai mes jambes autour de ses hanches.

— C'est ça, petite. Prends-moi en profondeur.

Mes hanches ondulèrent contre les siennes, gentiment au début, puis avec une vitesse plus exigeante. Son épaisse queue me harponna, pressant contre chaque partie de mon utérus, me remplissant à ras bord d'un plaisir indéniable.

— Est-ce la façon dont cela se passe ? demandai-je, émerveillée.

— C'est exact, dit-il. Mais seulement avec toi. Et il n'existe personne d'autre pour moi.

Mes petits bras l'attirèrent plus près. Il n'y avait rien de malfaisant ici, dans le cercle de nos corps. C'était la sensation la plus savoureuse et je pourrais mourir heureuse en cet endroit.

— *Pas moi,* grogna Knut dans mon esprit. *J'ai besoin d'au moins un millier d'années pour apprécier ta charmante chair.*

J'égratignai son dos de mes ongles et sentis ses muscles onduler contre moi. Il bougea plus rapidement, s'enfonçant en moi. Ses lourdes boules claquaient mon centre d'une force délicieuse.

— Cette première fois, je serai doux.

— C'est ça être gentil ? haletai-je.

— J'ai attendu si longtemps, répondit-il en tournant sa tête et mordillant mon oreille.

— Je sais. Prends ton plaisir.

Je glissai mon bras autour de ses épaules, me suspendant pendant que ses hanches me martelaient. Mon orgasme se souleva rapidement, explosant comme une tempête faisant tout plier sur son passage sauf le plus grand des chênes. Je hurlai mon enchantement et frémis alors que la bite de Knut pulsa une fois, deux fois avant de relâcher sa semence profondément en moi.

— Noisette, dit-il encore et encore, m'embrassant jusqu'à ce que je rigole.

Il roula sur son dos, m'emportant avec lui, et je m'étalai sur la tablette géante de son torse musclé, son organe toujours en moi.

— Comment était ta première fois ?

— Bien, lui dis-je timidement.

— Pas trop douloureuse.

— Non.

La sensation d'être déchirée était partie tout de suite.

Knut pressa son visage dans le creux de mon épaule et de mon cou. Sa grande main berça ma tête, mes doigts passèrent ses cheveux au crible.

— Knut ?

— Mmm ?

— Pourquoi dis-tu que je suis courageuse ?

Il voulut bouger, mais je le tins plus fermement, nous gardant joue contre joue pour que je n'aie pas à croiser son regard. Il frotta mon dos, m'apaisant.

— J'ai combattu dans de nombreuses batailles et vu des

actes braves. Il n'y en a aucun pour valoir celui où tu es restée à mes côtés pour livrer bataille aux Hommes Gris, même si tu tremblais de peur.

— Je n'ai pas lutté à l'abbaye. Je n'ai pas sauvé Sari ou Fleur.

Ses doigts trouvèrent la nuque de mon cou, pressant de manière rassurante.

— Tu ne pouvais pas les sauver, mais tu en sauveras beaucoup d'autres.

Je me levai alors, le contemplant.

— Quand nous serons de retour à la montagne, j'irai voir les Alphas et je leur parlerai du plan malfaisant du Roi Cadavre, dit-il alors que ses doigts traçaient mes lèvres. Les femmes à l'abbaye seront toutes mises hors de danger, je le jure.

Je retins mon souffle. C'était trop accablant de penser à toutes mes amies, Saule, Fougère, Sauge, Oseille, Rose et Angélique, à nouveau à mes côtés. En sécurité.

— Qui sait ? Quelques-unes pourraient convenir pour être femmes de Berserkers, comme toi.

— Qu'en est-il si elles ne souhaitent pas se mettre en couple ?

— Je suis sûr que leurs guerriers les convaincront, sourit-il. Je suis un ancien combattant, mais je t'ai courtisée en quelques jours.

Ses doigts titillèrent mes lèvres. Je tournai la tête et l'attrapai entre mes dents.

Son gloussement gronda au travers de mon corps.

— Une telle combattante. Petit lapin.

Il prit mes joues et me regarda si longtemps et avec tant d'amour que des larmes remplirent mes yeux.

— Noisette, je t'ai dit que je t'ai désirée depuis le début où j'ai senti ton odeur. Et une nouvelle fois lorsque je t'ai vue. Mais quand tu t'es tenue avec moi contre les Hommes Gris et que tu n'as pas fui, j'ai su que je te voulais à mes côtés pour toujours.

— Tu m'as fessée pour ça.

— Oui, dit-il en montrant ses crocs. Et je le ferai à nouveau, pour enlever de toi une telle bravoure. Ça ne le fera pas que tu te battes quand tu porteras nos fils.

— Comment sais-tu que ce sera des fils ? lui demandai-je en pressant mes lèvres l'une contre l'autre pour me retenir de sourire.

Il nous roula de l'autre côté, nos corps toujours connectés, ses bras robustes et sa poitrine mettant mon corps en cage. Mes yeux s'élargirent alors que sa bite se changea en acier.

— Parce que, commença-t-il en contractant ses hanches et me remplissant davantage. Je ne m'arrêterai pas de revendiquer ton corps jusqu'à ce que nous ayons de nombreux garçons, et des filles aussi.

KNUT

*N*oisette gémit dans mon oreille et je me réveillai d'un sursaut.

Nous étions posés sur un lit d'épines de pin, mon corps enroulé autour du sien. La déesse était la seule à savoir combien de fois je l'avais revendiquée la nuit dernière, mais cela avait été suffisant pour nous faire nous endormir sur le sol.

Du brouillard se déplaça au-dessus de nous. Cela devrait être l'aurore, mais le monde était gris.

— Rien ne va, murmura Noisette et elle se débattit dans les affres d'un mauvais rêve.

— Petite, lui dis-je en la secouant pour la réveiller.

— Knut ? Où sommes-nous ?

Elle était froide, son visage pâle comme la lune de la nuit passée.

— Dans la forêt où je t'ai faite complètement mienne.

Le vent siffla au travers des arbres, mais ne dissipa pas le brouillard. L'épais air nuageux avançait telle une armée de fantômes.

Noisette frémit et je glissai la peau autour d'elle.

— Viens. Nous devons te placer à côté du feu.

Je la mise debout, la gardant près pendant que j'enfilai mes habits. Son fourreau était posé à quelques pas et je la pris par la main alors que j'allai le chercher.

— Est-ce le matin ? demanda-t-elle.

— Oui. Mais le brouillard l'a dérobé.

Je me tournai en direction de là où je savais que se tenait la hutte et je fis face à un mur de brume, trop épaisse pour voir à travers.

— Viens, dis-je, me forçant pour mettre de l'assurance dans mon ton. Par ici.

Mais, alors que nous marchâmes encore et encore, nous n'atteignîmes rien du tout.

— Gelée, murmura Noisette.

Quelques pas plus tard, elle soupira.

— Comment vas-tu, petite ?

— Ma tête me fait mal.

— Ta tête et ma bite. Tu m'as usé, dis-je quand elle jeta un coup d'œil vers moi.

L'humour continua uniquement quelques mètres de plus. Quelque chose bougea dans le brouillard et je grognai, de la peur telle de l'acide dans mon ventre. J'étais un idiot de ne pas identifier ça comme une attaque.

— On retourne à la rivière.

Je la poussai au-devant d'un autre tourbillon épais de brume. L'air se dispersa légèrement quand nous atteignîmes l'eau.

— Knut, qu'est-ce ? questionna Noisette en claquant des dents.

Je la balançai dans mes bras et traversai la masse de liquide. Le brouillard était moindre ici, mais se levait encore.

— Le Roi Cadavre vient pour toi. Il est attiré par ta chaleur, mais je te protègerai par-dessus tout.

Nous marchâmes à travers les bois, la peur bouffant mon

cœur. Je n'avais pas ma hache, mais quelle arme s'opposerait contre le temps qu'il faisait ? Il serait préférable de se reposer et d'attendre la fin, même si les Hommes Gris nous trouvaient alors et que tout serait perdu.

— *Piégée. Désespérée.*

Tapie au plus profond de moi, ma bête était enragée, hurlant avec violence comme si l'ennemi était là et à l'attaque.

— Le brouillard affecte l'esprit, dis-je soudainement.

— Oui, confirma Noisette, semblant très fatiguée.

Ma peau picota alors que le vent se relevait, dispersant la brume.

— Nous devons courir.

Je la tirai, seulement pour me précipiter dans une autre rangée de brouillard épais.

Noisette trébucha et je perdis sa main.

— Knut, cria-t-elle, paraissant très loin subitement.

— Noisette, dis-je en tendant la main pour l'attraper.

Mes bras se fermèrent autour d'elle, mais la tempête tourbillonna autour de nous, une voix dans le vent clamant un dessein malfaisant. Le Roi Cadavre. Pas étonnant que ma bête se débattit pour prendre le contrôle.

— Viens me faire face comme un homme, hurlai-je.

Le chant se changea en un ton moqueur.

Je joignis les liens de la meute, essayant d'appeler à l'aide. J'étais stupide de m'isoler de mes frères Berserkers. Ma défiance vis-à-vis d'eux mettait ma femme en danger.

Une rafale de vent percuta mon corps. Me recroquevillant, je couvris Noisette du mieux que je pus, mais quand je me relevai le brouillard formait une cage, quatre murs épais autour de nous. Avec un petit murmure, Noisette s'échappa de mes bras.

— Non, dis-je en tendant la main vers elle, revenant avec les bras uniquement chargés de fumée. Noisette !

Le silence.

Noisette. Je la joignis par les liens de nos esprits et trouvai ses pensées remplies de désespoir.

— *Sombre. Sale. Indigne.*

— Noisette, appelai-je, calmant ma voix. Où es-tu ? Entends ma voix et viens à moi.

— Je ne peux pas Knut, répondit-elle finalement, sa voix semblait petite. Je suis trop faible. Tu devrais me quitter.

Je m'enfonçai vers sa voix, mais ce fut comme patauger dans l'eau.

— Le Roi Cadavre utilise des mensonges pour te faire désespérer.

— *Je suis faible. Je me suis abandonnée à la luxure. Mes désirs sont dégoûtants, infectant tout ce qu'ils touchent.*

— *Je suis dans ton esprit, petite. Tu n'es ni obscène ni mauvaise.*

Noisette se tut sous le vent strident, le Roi Cadavre rigola de moi.

— Je ne te laisserai pas l'avoir, beuglai-je.

Des griffes germèrent de ma main.

Je pataugeai vers l'avant et je trébuchai presque sur une forme menue. Ma femme, enroulée en une minuscule boule triste.

— Petite, dis-je quand je l'eus dans mes bras, frictionnant sa peau froide. Oh, Noisette, pourquoi es-tu si effrayée ?

— Tu devrais m'abandonner, s'étouffa-t-elle en un sanglot. Sauve-toi. Ils ne viendront pas après toi, s'ils m'ont moi.

— Non, jamais.

Je la soulevai et marchai à grandes enjambées jusqu'à atteindre un arbre. Je la posai contre le tronc, entourée de l'odeur réconfortante du pin.

— Tu es à moi, et je ne te laisserai jamais partir. Je ne capitulerai pas devant une armée. Ils ne peuvent pas plus te dérober à moi que prendre mon âme.

— Ils veulent mon âme, dit-elle d'un chuchotement terrifié. Ils viennent pour ça.

— Ils ne peuvent pas l'avoir.

Mettant mon poing dans ses cheveux, je l'embrassai et elle s'ouvrit à moi d'un soupir frissonnant, acceptant la chaleur de mon corps qui se déversa dans le sien.

— *Tu es mienne. Touche-moi, Noisette. Ressens mon besoin.*

Ma langue l'explora alors que ma bite pressait contre mes hauts-de-chausse. Revendiquant encore sa bouche, je me libérai. Une poussée et j'étais à l'intérieur de sa tiédeur sacrée. Ses muscles frémirent autour de moi, m'attirant plus profondément, m'appelant à la maison.

— *Ressens ça, petite. C'est réel.*

— Knut, souffla-t-elle contre ma bouche.

— C'est ça. Dis mon nom. Souviens-toi que je t'appartiens. *Je te promets ma vie.*

Ses jambes se fermèrent autour de mes hanches et je la remontai, m'enfonçant plus loin. Sa tête vola en arrière contre le tronc d'arbre, ses lèvres parfaites se séparèrent.

— Je t'aime, articula-t-elle silencieusement, ce qui me mit à genoux.

Prudemment, je la déposai sur son dos, ses cheveux étalés sur le sol.

— *Marque-la*, ordonna ma bête et je ne pus plus résister.

Balayant sa chevelure de son épaule, j'inclinai sa tête sur le côté. Mes crocs la transpercèrent.

Du pouvoir. De la chaleur. La foudre fouetta au travers de nos corps. Elle vint, en convulsant autour de ma bite. Je la labourai profondément, la chargeant de ma semence et de mes pensées, toute la force de mon amour remplissant son esprit, expulsant le Roi Cadavre.

— Knut, dit-elle, entre deux baisers sauvages. Que se passe-t-il ? Qu'as-tu fait ?

J'amenai sa main aux marques sur son épaule. Elles guérissaient déjà.

— Nous sommes liés pour toujours, petite. *Tu es dans mon esprit comme je suis dans le tien, et nous ne serons jamais seuls.*

Autour de nous, la brume tourbillonna.

— *Elle ne sera jamais tienne,* chuchota une voix sombre.

Je levai ma tête quand un désespoir lugubre se déversa dans ma tête.

De la fourrure ondula le long de mon bras. Je hurlai alors que ma colonne s'étirait et claquait, mon corps se tordant de magie. M'éloignant de Noisette, j'allongeai ma main et la regardai se changer en une griffe massive.

— Non... dis-je en chancelant en arrière. Noisette... fuis.

Je haletai alors que mes os se cassaient et se retricotaient. La Transformation était sur moi, et elle fit mal comme jamais auparavant.

— Knut ! Que se passe-t-il ?

— La bête, m'étranglai-je.

Je l'avais marquée trop tard.

Le brouillard tournoya autour de nous, résonnant du rire moqueur.

— *Ta force est inutile, guerrier,* dit le Roi Cadavre alors que sa voix découpait mon contrôle. *Comment la sauveras-tu de moi si tu ne peux même pas la protéger de toi-même ?*

— Pars, lançai-je alors que les mots se changeaient en un hurlement résultant de ma mâchoire et de ma gorge qui se refaçonnèrent. *Noisette, tu dois partir avant qu'il ne soit trop tard.*

— Non, Knut, reste avec moi.

Les petites mains de Noisette saisirent mon corps. Ma vision devenant déjà rouge.

— *Pardonne-moi. Je t'ai déçue.*

Ma peau devint de la fourrure, et je fis un brusque mouvement de recul pour m'éloigner d'elle.

— Tu ne peux pas me quitter, cria-t-elle.

Elle était à mes côtés, sanglotant, tirant mon bras. Je grognai et reculai à nouveau.

— *Vois-tu ça ? Vois-tu le monstre que je deviens ? Je ne te laisserai pas te menotter à moi.*

— Non.

Même avec de la peur dans son parfum, elle se leva et me fit face.

— Tu m'as sauvée. Nous nous appartenons l'un à l'autre. Tu m'as libérée.

— *Je suis seulement un combattant. Pas compétent pour être ton compagnon.*

— Knut, dit-elle en tendant à nouveau la main vers moi et je rugis.

Quand elle recula, je m'étirai au-dessus d'elle. La bête sentant une femme fragile et tremblante. Elle voulait la posséder.

Des larmes ruisselèrent le long de ses joues, elle fit basculer sa tête en arrière et offrit sa gorge.

— *Prends-moi alors. Je suis tienne.*

Entouré par la brume nauséabonde, je me blottis contre elle et enfouis mon visage dans ses cheveux. Elle sentait ma Noisette, la chaleur, l'amour et les fraises.

— *C'est le Roi Cadavre qui essaye de te contrôler,* dit-elle alors que sa voix touchait mon esprit. *Ne l'écoute pas. Reste avec moi.*

Je gémis. Sa respiration frémit en elle. Elle était effrayée, mais elle demeurait immobile sous mon corps. Si petite et innocente. Un pouls si fragile. Tellement facile à détruire.

— *Non.*

Je me cambrai en arrière, dénudant mes dents vers l'ennemi invisible. Mes griffes déchirèrent ma propre chair. J'arracherais mon propre cœur avant de la blesser.

— Stop ! cria Noisette en tendant le bras vers mes mains ensanglantées, et je la repoussai.

Un bruit dans le brouillard, la cadence de pieds en marche. Je tournoyai.

— *C'est trop tard pour moi,* lui dis-je. *Je mourrai pour que tu puisses être libre.*

Avec un dernier hurlement, je bondis pour faire face à ses ennemis.

NOISETTE

— *nut*, criai-je, mais il avait bloqué mon esprit.

J'eus mal, sentant le vide là où il avait été auparavant. La connexion avait duré seulement quelques instants, mais j'éprouvai sa perte tel un membre tranché.

Je titubai sur mes pieds, avançant dans l'épaisse brume. Je devais le retrouver.

À distance, Knut beugla.

Une silhouette géante se profila en dehors du brouillard. Un guerrier avec des yeux dorés. Puis un autre, et un autre.

Je trébuchai en arrière et percutai un corps solide et blindé. Les Berserkers étaient devant et derrière moi, m'encerclant.

— Qu'est-ce que c'est ? questionna un combattant alors qu'une grande main tirait mes cheveux.

Je lui mis une claque et des bras robustes m'attrapèrent, me maintenant fermement.

— Une femme.

Plus de mains sur mes jambes.

— Elle a une odeur divine.

— Elle est en chaleur, dit la voix lourde de désir. Une femme-spae.

— Est-elle non revendiquée ?

— Non, protestai-je en donnant de grands coups de pied, et mon pied heurta le guerrier tenant mes jambes jusqu'à ce qu'il me laisse tomber. Je suis à Knut. Vous ne pouvez pas m'avoir !

— Knut ?

Le combattant dans mon dos me posa et me tourna pour lui faire face. C'était une grosse brute au visage émoussé, mais ses mains étaient douces.

— Je ne savais pas que Knut avait une femme.

— Il en a une maintenant. Il est à moi, grognai-je aussi sauvagement qu'un Berserker sous l'emprise de la folie.

Le Berserker cligna des yeux de surprise. Quelques autres gloussèrent.

— Attendez, arrêtez ! appela un autre guerrier.

C'était un roux qui passa à travers le cercle de combattants.

— Tu es Noisette ? C'est la fille qu'est allé sauver Knut, dit-il quand je hochais la tête.

— Est-ce vrai, Leif ? demanda la brute me tenant.

— C'est vrai, dit Leif en tournant brusquement sa tête vers moi. Elle est la raison pour laquelle il a défié les ordres de l'Alpha.

— Alors elle vient avec nous, grogna le guerrier qui me souleva.

— Attendez ! lançai-je en me débattant. Laissez-moi partir ! *Knut !*

Je le contactai et l'entendis rugir d'une rage impuissante.

Les combattants avaient dû le maîtriser, pour le garder séparé de moi, mais quand je le joignis avec mon esprit, il fut silencieux.

Paniquée, je commençai à lutter plus fort.

— Pose-la, Thorbjorn. Elle est à Knut, dit Leif. Elle a l'odeur de sa semence.

Thorbjorn grogna à nouveau, mais me mit sur mes pieds.

Les mains tremblantes, je repoussai mes cheveux en arrière et montrai la trace à la jonction délicate entre mon cou et mon épaule. La magie avait fait son travail, l'empreinte était rouge et luisante, mais guérissait déjà. J'espérai qu'elle ne s'estomperait jamais.

— T'a-t-il marquée ? demanda Leif, et les autres s'attroupèrent autour de moi, mais ne me touchèrent pas.

— Je suis sa compagne. Où est-il ?

— Il est entre les mains des guerriers qu'il a tenté d'attaquer. Il répondra de ça aux Alphas, et de ses crimes.

— Quoi ? soufflai-je.

J'essayai de sortir du périmètre de combattants, mais ils pourraient aussi bien avoir été faits de pierre.

— Assez, fille, déclara un guerrier au visage sévère qui bloqua mon passage. Sortons de ce brouillard et allons à la montagne.

Ils formèrent un cercle autour de moi, quatre murs d'armes, de boucliers et de corps fortement musclés. Alors que nous nous déplacions, je continuai à joindre Knut avec mon esprit, ayant besoin du contact de ses pensées sur les miennes. Mais il n'y avait que le silence.

Plus nous marchâmes, plus mon esprit se dégagea. La brume se dissipa lentement, mais ma tête palpitait de la perte du lien.

— Es-tu fatiguée ? questionna Leif.

— Comment connais-tu mon nom ? demandai-je après avoir secoué la tête.

— Ton histoire a été partagée d'un bout à l'autre de la meute. Fleur nous est revenue et nous a raconté la façon dont tu t'es battue pour la sauver, dont tu t'es échappée de la grotte du Roi Cadavre.

— Fleur est là ? dis-je en trébuchant presque.

— Oui. Elle est en sécurité.

La main de Leif plana près de moi, prête à m'attraper si je tombais, mais il prit soin de ne pas me toucher.

— Serai-je... serai-je autorisée à la voir ?

— Elle et ses compagnons. Elle prospère sous leurs bons soins.

— Qu'en est-il de Knut ?

— Les Alphas décideront, réagit un autre guerrier avant que Leif puisse le faire. Il ira répondre de ses péchés devant les Alphas.

— Brokk, dit Leif d'un ton d'avertissement, et l'autre se retira en secouant la tête.

— Quels péchés ? demandai-je.

— Les Alphas ont essayé de joindre Knut, mais il les a coupés et a résisté à leurs ordres de revenir à la meute. Cela l'a rendu instable et a permis à sa bête de pratiquement le consumer.

— Il n'a pas perdu le contrôle. Il ne m'a pas blessée, il s'est retenu.

Je m'étranglai avec mes mots. Il avait dit que nous étions liés, est-ce que mon amour était suffisant pour lever la malédiction ?

— J'étais en sécurité avec lui. Il m'a protégée.

— Il s'est déshonoré, ainsi que la meute quand il a fui pour te revendiquer.

— S'il vous plaît, je dois le voir. Vous devez le laisser me parler. *Knut*, dis-je en cherchant son esprit. *Ne me coupe pas. Fais-moi savoir que tu vas bien.*

— Il est sous surveillance jusqu'à voir les Alphas. Ils décideront de son destin.

— Son destin ?

— Si les Alphas le déclarent coupable d'avoir perdu le contrôle, il pourrait être jugé trop instable pour prendre une compagne, dit Leif. Il pourrait choisir la punition ultime pour récupérer son honneur.

— Quel châtiment est-ce ? déglutis-je.

— La mort, dit Brokk d'une voix sombre.

* * *

LE SOLEIL BRILLAIT de façon plus radieuse alors que nous approchions de la montagne, mais mes pensées plongèrent à nouveau dans le désespoir. Même si les Alphas pardonnaient à Knut, lui montrant de la clémence parce que nous avions été attaqués par le Roi Cadavre, Knut ne reviendrait pas à mes côtés s'il se considérait indigne d'être mon compagnon.

Alors qu'adviendrait-il de moi ?

Au pied de la montagne, deux femmes étaient assises sur des pierres, les mains serrées dans leur giron. Elles se levèrent alors que nous approchions.

— Va les voir, grogna Brokk.

Leif fit un hochement de tête encourageant.

Consciente de ma robe en loques et de ma chevelure déchaînée, je ramassai mes jupes et m'avançai. L'une avait les cheveux noirs et l'autre les cheveux blonds. Plus je m'approchais, plus elles semblaient familières.

— Noisette ? appela la blonde et je fis une halte.

La deuxième femme et elle comblèrent la distance.

— Je suis Sabine, me dit la blonde. C'est ma sœur Muriel.

— Bienvenue, dit Muriel d'une voix que je reconnus curieusement. Nous t'attendions.

— Connaissez-vous Fleur ? laissai-je échapper. Vous lui ressemblez.

— C'est ma jumelle, sourit Muriel. Sabine est notre grande sœur.

— Viens, dit Sabine. Nous avons tout entendu de ta fuite

du Roi Cadavre et ton voyage avec Knut. Tu dois souhaiter quelques rafraîchissements.

— Les Alphas voudront lui poser des questions, dit Brokk.

— Pas jusqu'à ce qu'elle ce soit reposée, dit Sabine d'un ton qui devint tranchant.

Elle prit un de mes bras et Muriel s'empara de l'autre. Ignorant les autres guerriers, les sœurs m'emmenèrent ailleurs.

Elles m'amenèrent à une large cabane construite dans le flanc de la montagne. Deux gardes attendaient devant les grandes portes.

— Nous avons besoin d'eau et de bois à brûler, leur dit Sabine avec tout le dédain d'une reine.

Après un coup d'œil, les deux combattants acquiescèrent et s'en allèrent en trottant.

— Voilà, dit Sabine en poussant les portes pour les ouvrir. Maintenant, nous avons un peu d'intimité.

À l'intérieur, la hutte était divinement meublée avec des chaises sculptées, une table bourrée de bols de nourriture. Il y avait un lit dans le fond, avec des fourrures empilées haut. Des paquets d'herbes étaient accrochés au plafond, remplissant l'endroit d'une agréable odeur. Un brasier brûlait déjà dans le foyer, quelques marmites pleines d'eau chauffant à côté.

— Aimes-tu ta nouvelle maison ? demanda Muriel.

Sabine se dirigea immédiatement vers le feu et attrapa l'un des chaudrons, le vidant dans un bain en pierre avant d'y ajouter une poignée d'herbes.

J'acquiesçai, sans voix.

Sabine me fit un signe de me déshabiller et d'entrer dans la baignoire.

Muriel se posa sur le banc, ramassant une robe, une aiguille et un fil.

— Fleur nous a dit ta taille. Nous t'obtiendrons de nouvelles robes quand ce sera à nouveau sûr d'aller au marché. D'ici là, je modifierai quelques-unes des nôtres.

— Viens, Noisette, appela Sabine. L'eau va devenir froide.

Je m'assis dans la baignoire pendant que les sœurs s'affairaient autour, exposant la nourriture, cousant de nouveaux vêtements et m'aidant à me laver. Elles étaient gentilles et douces, pleines de joyeuses plaisanteries et de taquineries entre sœurs. Tout comme mes camarades orphelines à l'abbaye.

Mais je ne pouvais pas me détendre.

— Où est Knut ? demandai-je quand je fus sèche et habillée. Je voudrais lui parler.

— Il est arrivé avant toi et est allé directement s'entretenir avec les Alphas, m'informa Sabine en s'asseyant derrière moi pour peigner mes cheveux humides.

— Est-il en difficulté ?

— Cela dépend, dit Muriel en me tendant un bol de ragoût, mais j'étais trop nerveuse pour manger.

— Noisette, t'a-t-il fait du mal d'une quelconque façon ?

— Non. Jamais. Pas même quand il s'est transformé en bête. S'il vous plaît, vous devez le dire aux Alphas.

Je me retournai et saisis la main de Sabine.

Doucement, elle se libéra et releva mes cheveux de mon épaule, étudiant ma marque. Je résistai l'envie de la couvrir de ma main. C'était la preuve d'un acte intime. Je n'aimais pas être affichée.

— Fleur nous a raconté son temps à l'abbaye, dit finalement Sabine. Noisette, ressens-tu les chaleurs d'accouplement ?

— Je... commençai-je en rougissant. Oui.

— Nous pensons que tu es une femme-spae. Un type spécifique de femmes qui peuvent s'accoupler avec les Berserkers.

— Je sais. Knut me l'a dit.

— Il en existe peu d'entre nous et nous sommes toutes précieuses pour la meute. C'est la raison pour laquelle les Alphas ne permettent pas aux loups instables de s'accoupler.

— S'il vous plaît, suppliai-je en me levant et en tordant mes mains. Knut n'est pas instable. Il combattait sa rage. La brume, la magie du Roi Cadavre a affecté son esprit.

— Les Alphas seront cléments, m'apaisa Muriel.

— C'est ton lien qui pourrait le sauver, dit Sabine. Comprends-tu comment fonctionnent les liens ?

Je secouai la tête.

— Je vais expliquer, mais tu dois t'alimenter.

Sabine attendit jusqu'à ce que je m'installe à la table et que je me force à manger quelques bouts.

— Il y a différents types de liens. Chaque membre de la horde est connecté. Les Alphas ont un lien robuste avec chaque loup de la meute. Puis, il y a les liens fraternels qui se forment entre deux ou trois loups.

— Les liens fraternels ? questionnai-je.

— Cela arrive habituellement quand deux loups se sauvent la vie mutuellement. Les liens fraternels connectent deux guerriers plus fortement qu'avec n'importe qui d'autre de la horde. Cela les aide à résister à la malédiction.

— Est-ce que Knut a un tel lien ?

— Non. C'est un combattant extrêmement fort. Pratiquement un loup solitaire. Mais la bête l'a presque revendiqué au final, médita Sabine.

— Le lien fraternel permet à deux hommes de partager une compagne, dit Muriel après s'être éclairci la gorge.

— Partager ? répétai-je bouche bée.

— Oui, confirma Muriel dont les joues devinrent rose luisant. Je suis liée à deux loups.

— Comme moi, dit Sabine, amusée. Fleur est liée à trois d'entre eux.

— Trois ?

Je secouai la tête. Un grand guerrier me revendiquant était suffisant. Je ne pouvais pas en imaginer deux. Ou trois.

— Il y a un lien qui est plus fort que tout le reste, continua Sabine. Le lien d'accouplement.

Muriel hochait la tête.

— Il y a des signes témoignant de la vraie compagne d'un Berserker. Les chaleurs d'accouplement, commença Sabine en levant un doigt pour indiquer chacun. La morsure d'accouplement, qui guérit vite parce que le Berserker partage sa magie. Et un lien d'accouplement qui lie les esprits.

— Nous sommes capables d'entendre les pensées de nos compagnons, expliqua Muriel.

— Knut et moi sommes connectés.

Je baissai les yeux. Il me bloquait encore.

— Quand l'as-tu entendu pour la première fois dans ton esprit ?

— Depuis le début. Je l'ai vu dans les bois et il m'a sauvé des Hommes Gris. C'est à ce moment que je l'ai entendu pour la première fois.

Muriel et Sabine échangèrent des coups d'œil.

— C'est le plus tôt que j'ai entendu se former un lien d'accouplement, dit Sabine. Peut-être que la magie autour de la grotte du Roi Cadavre a aidé.

— Ou peut-être que Noisette était prête, proposa Muriel en touchant mon bras.

Je déposai mon bol et rentrai mes pieds sur le banc, enveloppant mes bras autour de mes jambes.

— Je ne sais pas quoi penser de tout ça.

Les sœurs me regardèrent mâchouiller ma lèvre.

— Comment c'est d'être avec Knut ? demanda Sabine.

Je rougis.

— Je crois que c'est la seule réponse dont nous avons besoin, murmura Muriel.

J'eus une pensée horrible.

— Knut m'a dit que je pouvais lever la malédiction, mais sa bête a tout de même pris le dessus. Peut-être que je ne suis finalement pas sa vraie compagne...

— Ce n'est pas la façon dont fonctionne l'accouplement, dit Sabine avec un soupir. La bête vit toujours à l'intérieur d'eux. Elle a encore soif de domination, mais ta présence assouvit son plus grand besoin. Quand le désir revendiquera Knut, tu seras capable de le satisfaire.

— Mais... alors qu'en est-il de mes chaleurs ?

— Tu entreras tout de même en chaleurs. C'est... euh... différent, dit-Sabine, qui rougit elle aussi. Plus intense. Mais agréable, quand tu as des compagnons à tes côtés.

— Y en a-t-il d'autres à l'abbaye qui entrent en chaleurs ? demanda Muriel.

— Oui. Toutes, confirmai-je en fronçant les sourcils. À part les plus jeunes. Nous sommes toutes maudites.

— C'est pas une malédiction, Noisette, dit gentiment Sabine. C'est ton pouvoir.

— Ce n'est pas ce qui m'a été enseigné.

— Et à présent tu es liée à un bon guerrier. Il t'apprendra de nouvelles choses.

Et me puniras avec joie jusqu'à ce que j'apprenne. La pensée fit chauffer mes joues et battre mon cœur à toute allure. Je secouai la tête.

— Je sais que je ne peux pas retourner à l'abbaye. Je dois faire face à une nouvelle vie. C'est seulement si différent et étrange.

— Ça l'est, dit Muriel d'une voix douce. Laisse-toi le temps. Tu prospéreras ici.

— Les femmes-spae étaient appelées à s'accoupler avec des Berserkers, ajouta Sabine.

— Je ne sais pas si je ferai une bonne compagne.

Muriel détourna le regard avec un petit sourire.

— Je suis sûre que Knut t'enseignera tout ce que tu as à connaître, dit Sabine.

Je me mordis la lèvre.

— Qu'est-ce qui ne va pas, Noisette ?

— Il m'a punie.

— Ah, oui, soupira Sabine. Il y a ça. Les règles de la meute l'exigent.

— Et aussi, c'est leur nature, dit Muriel. Leur domination, notre soumission.

— À l'abbaye, ils m'ont appris à obéir. À être silencieuse et agréable, comme devrait l'être une femme.

Mes doigts triturèrent ma nouvelle robe.

— De quelle façon est-ce différent d'être une femme de Berserker ?

— Nous ne sommes pas silencieuses, grogna Sabine. Cela requiert une femme forte pour être la compagne d'un Berserker.

— Je ne suis pas vraiment forte.

— Cela nécessite une grande force de délaisser ton ancienne vie pour quelqu'un, mais c'est ça qu'est l'amour.

Je fixai Sabine. Elle était féroce et brillante. Muriel était belle et forte. Ces femmes étaient assez puissantes pour chacune s'accoupler avec non seulement un, mais deux Berserkers brutaux.

— Il y a davantage de pouvoir dans l'abandon, dit Sabine.

Avec la tenue de son menton, je ne pouvais pas du tout l'imaginer capituler. Peut-être que cela exigeait deux hommes pour la défier.

— Toute magie exige un sacrifice. Notre magie a besoin d'un sacrifice du cœur. Plus nous nous soumettons, plus nous devenons puissantes.

— Le pouvoir de guérir et de créer, pas de détruire, dit Muriel. De cette façon, nous équilibrons la bête.

— Mais les deux requièrent de la force, dit Sabine en se

levant et venant se mettre devant moi. Il y a du pouvoir à diriger, et du pouvoir à être celui qui suit.

— Knut a été longtemps seul, dis-je en rejetant une bouffée.

— Tu lui apprendras à s'adoucir et à aimer, dit Muriel. Dans ce domaine, tu mèneras.

— L'abbaye t'a enseigné des mensonges en forçant ton obéissance. Nous sommes venues pour te dire la vérité. Si tu restes avec Knut, il y aura des moments où tu devras te plier à sa volonté. Mais au final, tout est fait avec ton consentement.

Sabine me fit un regard tranchant qui pénétra jusqu'à mon âme.

— Le choisis-tu, Noisette ?

Je sus tout de suite la réponse. Je dirais la vérité, même si elle m'effrayait.

— Je lui appartiens comme il m'appartient.

Sabine se rassit et fit un hochement de tête complice à Muriel.

— Nous le dirons aux Alphas.

KNUT

*L*es quatre guerriers me rencontrèrent alors que je quittais l'audience des Alphas. Leif et Brokk, Rolf et Thorbjorn avaient toujours été prêts à se battre à mes côtés, même avant que la sorcière nous maudisse.

— Merci, dis-je.

Ils clignèrent des yeux de surprise en me regardant et je me sentis honteux. Avait-ce été si long depuis que j'avais exprimé ma gratitude, mon besoin de la horde ?

— Sans vous, Noisette et moi serions sans doute encore perdus.

— Vous étiez proches de vous libérer du brouillard, dit Thorbjorn, le plus large d'entre eux, en venant lancer son bras autour de moi.

Nous martelâmes le dos l'un de l'autre, jusqu'à ce que les liens de la meute fredonnent entre nous.

— J'ai été stupide de rester à l'écart, dis-je.

Mon arrogance avait mis ma compagne en danger.

— Nous aurions fait la même chose, si nous avions eu la chance d'attraper une compagne, dit Leif en inclinant la tête sur le côté. Bien. Qu'ont dit les Alphas ?

— Je dois parler à Noisette.

J'avais supplié mes chefs de me punir pour avoir déshonoré la meute. Ils avaient refusé, me glorifiant d'avoir sauvé
et revendiqué une femme-spae. Ils avaient aussi pardonné
ma désobéissance.

Je pouvais simplement espérer que Noisette ferait la
même chose.

— Ta compagne t'attend, dit Rolf.

Il croisa les bras, s'appuyant contre un rocher. Menu et
svelte, il était plus petit que la plupart des Berserkers et était
le meilleur pisteur.

— Elle est dans la cabane que nous avons construite pour
vous deux, pendant que nous attendions les ordres de
l'Alpha.

— Quels ordres ? demandai-je.

— N'as-tu pas entendu ? questionna Thorbjorn en tapant
une main sur mon épaule. Nous allons sauver le reste des
femmes dans l'abbaye. Elles sont toutes des femmes-spae. Le
Roi Cadavre les a rassemblées là-bas, pour ses desseins
malfaisants.

— Certaines d'entre elles deviendront nos compagnes, dit
Leif en se frottant les mains.

— Tu seras excusé du combat bien sûr, m'assura Brokk.
Tu seras trop occupé par ta compagne.

Je fronçai les sourcils.

— Qu'est-ce qui ne va pas, Knut ? demanda Thorbjorn,
alors que Rolf et lui m'étudiaient en échangeant des coups
d'œil.

— Si Noisette était ma compagne, je n'hésiterais pas à
aller à elle, ajouta Leif et il grogna quand Brokk lui donna un
coup d'épaule.

— J'ai perdu le contrôle, dis-je alors que de la honte
tendait ma gorge et ma poitrine. Elle me faisait confiance et

je l'ai trahie. Elle a vécu sa vie en esclavage à l'abbaye. Je ne la forcerai pas à rester avec moi.

— Elle a demandé à te voir, dit Leif.

— Alors j'irai à elle et la libèrerai.

— Tu es son compagnon, dit Brokk en croisant les bras sur son torse. Vous êtes déjà liés ensemble.

— Je ne risquerai pas de la blesser à nouveau.

— Tu ne lui feras pas de mal, se moqua Rolf.

— Du moins, tu la blesseras d'une façon qu'elle appréciera. C'est ce qui distingue ces femmes-spae.

Leif jeta sa dague en l'air, la laissant faire une culbute avant de l'attraper et de l'agiter pour appuyer son point de vue.

— Elles aiment la douleur.

— Elles donnent à la bête ce qu'elle désire, gronda Thorbjorn. De l'abandon.

— Elle n'apprécie pas ça, grognai-je.

— Elle t'aime toi, fit remarquer Leif.

— Elle est assez courageuse pour te tenir tête ? demanda Brokk.

— Ouais, confirmai-je en ne pouvant empêcher un coin de ma bouche de basculer. C'est une petite guerrière.

— Bien, dit Rolf en quittant le rocher pour agripper mon bras. Elle est forte. Elle peut te résister ainsi qu'à ce que lui donnera la bête.

— Elle ne veut pas capituler, lui dis-je. Elle lutte.

— Alors, combats en retour, dit Leif en faisant un clin d'œil. Et gagne.

NOISETTE

*L*es sœurs me laissèrent dans la hutte.

— Nous emmènerons les gardes avec nous, mais ne t'éloigne pas, avertirent-elles. Nous enverrons Knut à toi.

Je souhaitais les rappeler et leur dire que je ne désirais pas le voir s'il ne me voulait pas, mais j'en fus incapable.

Bien qu'il y ait un lit avec une pile de peaux douces, j'arpentai le sol, incapable de dormir.

Finalement, j'ouvris la porte de la cabane et explorai les environs. La forêt avait été segmentée pour faire de la place à la hutte et à une clairière autour. Une grappe de fleurs des champs poussait près d'une souche. Les géants Berserkers avaient dû découper minutieusement l'arbre, prenant soin de ne pas écraser les fleurs délicates. Je me baissai pour en ramasser une et une ombre tomba sur moi.

— Knut ! m'exclamai-je en me relevant, prête à sauter dans ses bras, quand je vis son visage sérieux.

— Noisette.

Il passa une main sur ma tête, mais ne me toucha pas vraiment.

— Tu sembles aller bien.

— Comme toi, dis-je.

Où était le guerrier confiant, paré à me rafler et m'emporter dans la hutte ?

Knut étudiait la structure, alors je fis un signe de tête dans sa direction.

— C'est la cabane où je vais vivre. Je ne peux pas retourner à l'abbaye.

— Non, tu ne peux pas.

Je tordis mes mains dans mes jupes.

— Cette nouvelle vie m'effraye, mais je dois l'accepter.

— Tu es toujours la plus courageuse quand tu as peur.

— Knut, dis-je en me penchant vers lui, mais il recula.

— Noisette, je dois m'excuser.

— Pour quelle raison ?

— Pour avoir perdu le contrôle. Les Alphas ont été cléments, autrement je ne serais pas autorisé à te voir à nouveau.

Je ravalai un souffle.

— Je devrais te laisser partir, Noisette. Tu mérites un meilleur homme. Je suis un guerrier. C'est trop espérer d'être capable de m'adoucir et de t'aimer.

Je serrai mes mains ensemble pour m'empêcher de l'agripper.

— Tu m'as dit que tu ne me laisserais jamais partir. Tu as dit que cela signifierait ta mort.

— Je sacrifierais ma vie pour toi, dit-il tristement.

— Tu ne peux pas partir.

— Non ?

— Non. Nous sommes connectés. Je t'entends dans mon esprit. Un lien c'est pour la vie, n'est-ce pas ?

Je devais me fier à ce que Sabine et Muriel m'avaient raconté.

— Oui, c'est vrai.

— Alors tu me condamnerais à mourir aussi.

Je mis mes mains sur mes hanches, et il secoua sa tête et se détourna.

—Il y a forcément un moyen pour que nous soyons ensemble. Knut... j'ai besoin de toi.

Courant vers lui, je lui saisis la main.

— Dans quelques nuits, il y aura une pleine lune. Mes fièvres seront fortes d'ici là. Peut-être que tu peux m'aider avec ça. *Quand tu m'as attachée, je me suis sentie libre.*

Il cligna des yeux et je sus qu'il avait entendu ma pensée.

— Tu pourrais rester jusqu'à ce que je sois hors de mes chaleurs.

— Seulement jusque-là ?

Un sourire vacilla sur son visage et je sus que j'avais gagné.

— Bien, après ça…, songeai-je intensément, j'aurai besoin de ton aide. Pour faire pousser un jardin ici.

— Un jardin ? dit-il en prenant ma joue. Noisette, je suis un vieux combattant. Je ne sais pas comment m'occuper de charmantes choses fragiles.

— Je t'apprendrai, rétorquai-je en m'appuyant dans sa paume. Nous pouvons nous en occuper ensemble. Et tu peux m'enseigner à combattre.

— Tu sais déjà comment te battre.

— Uniquement parce que je sais que tu es là pour me protéger, dis-je en levant mon menton. Je te veux et personne d'autre. Je n'étais pas sûre au début, mais maintenant je me battrai pour te garder.

— Tu le feras ?

J'agrippai son justaucorps et me relevai, me tenant sur ses bottes. J'arrivai seulement à mi-poitrine.

— Tu ne me quitteras pas, Knut. Je ferai tout en mon pouvoir pour te faire te pardonner à toi-même, et rester.

— Tu me défies ?

— Oui, déclarai-je en renversant mon menton.

Avec un rire qui souffla dans mes cheveux, il me souleva.

— Et donc le lapin conquiert le loup.

— Je ne suis pas un lapin.

— Non, tu ne l'es pas.

Avec un sourire, j'enroulai mes bras autour de son cou, remontant une jambe sur ses hanches et frottai mon sexe contre lui.

Son regard était lumineux et chaud sur mon visage.

— Continue ça et je te ferai te mettre à genoux pour servir ma bite. Je répandrai ma semence sur ton visage et te toucherai jusqu'à ce que tu sois bouillante et prête, et je te laisserai ainsi. Je t'en fais la promesse.

— Mmm, dis-je, et je me déroulai à nouveau, me détournant. Peut-être que j'irai dans la cabane et que je prendrai mon propre plaisir.

Je n'avais fait que quelques pas quand ses bras s'enveloppèrent autour de moi par-derrière, m'attirant de nouveau.

— Pas si vite. C'est à moi, dit-il avec sa main couvrant ma butte. Je m'en occuperai jour et nuit et notre union sera fructueuse.

— Viens alors, cher compagnon, ronronnai-je. Mon jardin a besoin d'être labouré.

En un instant, j'étais dans ses bras et il marchait à grands pas vers la cabane. Je tendis la main et ouvris la porte pour nous. Il ne s'arrêta pas jusqu'à ce qu'il m'ait posée sur le lit.

Il renversa mes jupes, ne s'embêtant pas à enlever ses hauts-de-chausse avant de s'enfoncer dans ma chaleur humide.

KNUT

*J*e fis sombrer ma bite jusqu'au bout. La satisfaction sur le visage de ma femme me dit que je ne devrais jamais la quitter.

Ses jambes s'enroulèrent autour de moi. Je la percutai encore et encore, me balançant sur le lit jusqu'à être complètement dessus. Libérant une main, je saisis un sein au travers de sa robe et sa chatte eut un spasme.

— Tu portes trop de vêtements, grognai-je.

— Tu ne m'as pas avertie, haleta-t-elle.

— Je ne le ferai pas, lui dis-je en me retirant et la retournant, cette fois en rejetant ses jupes pour découvrir son cul avant de m'enfoncer à l'intérieur.

Elle était si mouillée, je la labourai par-derrière, les hanches claquant ses fesses pulpeuses. Je m'attends à ce que tu sois nue et prête à tout moment, ma douce compagne. Du moins, pour ce premier mois. Je te l'ai dit dès le début.

Elle s'arqua en arrière, se pétrissant contre moi. J'embrassai et léchai la courbe de son oreille et lui chuchotai mon intention passionnée.

— La lune s'alourdit. Bientôt, elle sera pleine et tu seras mûre et fertile pour moi. Tu gonfleras de mon enfant.

— Donnant à nouveau des ordres ?

— Oui. Offre-moi des fils ou des filles aussi forts que toi.

Écartant le col de sa robe, je mordillai son épaule.

— Tu aimes mes ordres.

— Ce n'est pas vrai !

Elle se redressa subitement et s'éloigna en rampant. J'agrippai ses hanches et l'attirai une nouvelle fois.

Elle jappa alors que je claquais son derrière d'une satisfaction sauvage.

— Knut, arrête. Je serai sage. Je serai bonne.

— À genoux sur le lit, ordonnai-je. Le cul en l'air, la tête en bas.

Frémissante, elle obéit. Les pétales roses de son sexe dépassèrent vers moi. Je pressai ses fesses et les giflai, les faisant remuer.

— Knut, gémit-elle.

— Chut.

Me penchant, je touchai sa chatte glissante avec ma langue.

Avec un cri d'exclamation, elle se retira brusquement.

— Sois tranquille.

J'empoignai ses hanches et l'attirai vers moi avant de gifler son cul jusqu'au rose.

— Je t'entraînerai à m'obéir, dans toutes choses. Tu trouveras du plaisir à me satisfaire.

Mes doigts découvrirent ses plis glissants et les titillèrent.

— Garde ton derrière en l'air. Offre-toi à moi.

Avec un petit soupir, elle le fit. Ma petite femme s'exhiba, arquant son dos, sous pression.

— Magnifique.

J'écartai ses fesses et admirai son minuscule trou du cul. Sa respiration augmenta.

— Tu n'as rien à craindre.

— Je sais, dit-elle doucement, dans les draps.

Je la récompensai avec une léchouille. Elle gémit, s'appuyant plus dans le lit. Mais elle ne bougea pas.

— Bonne fille.

Je caressai son cul. Bientôt, je la laverai et raserai son sexe pour qu'il soit dépouillé et lisse, que rien ne me soit caché. Je mettrais ma bouche sur chacun de ses recoins, goûtant et apprenant. La bête savourerait chaque orgasme hurlé, chaque gémissement chuchoté.

Mais d'abord je la fesserais et la baiserais jusqu'à ce qu'elle sache qu'elle était mienne.

— Écarte tes jambes.

J'attendis jusqu'à ce qu'elle bouge ses genoux aussi loin qu'ils iraient avant d'enfouir mon visage entre ses jambes. Geignant, elle renversa ses hanches en arrière et pressa sa petite chatte chaude contre ma bouche.

— Oh, oh.

Son corps s'ébranlait contre mon visage. J'ajoutai mes doigts et ma langue. Son goût était addictif, je n'en aurais jamais assez.

— Ne jouis pas jusqu'à ce que je le dise, l'informai-je entre deux léchouilles.

Ses mains se fermèrent en poings dans les fourrures.

— Knut, s'il te plaît.

— Non, Noisette.

Je me levai et me déplaçai pour saisir sa nuque, la maintenant en bas pendant que je fessais son cul encore et encore. Ses yeux étaient vitreux, sa bouche relâchée. Si douce et ouverte, une victime du plaisir.

— C'est la manière dont ça se passera, lui dis-je. Ton extase au bout de mes mains. Ta vie est à mes bons soins. C'est ce qui me donne une raison d'être et m'apporte la paix.

Sa petite main dériva en l'air, atteignant ma bite. Je m'arrêtai de la fesser et appréciai sa caresse pendant que mes propres doigts jouaient entre ses plis. Un vague sourire traversa son visage. De sa bouche éclatèrent de petits halètements de plaisir qui me rendirent fou. J'attendis jusqu'à ne plus pouvoir le supporter, et puis me déplaçai dans une position derrière elle.

— Jouis pour moi, grognai-je et je m'enfonçai à nouveau en elle, la martelant.

Elle se consolida sur ses mains, me percutant en retour avec autant de force que pouvait réunir son corps menu.

Avec un hurlement, je la rassemblai dans mes bras. La bête à l'intérieur vint à la surface et j'éraflai sa chair frémissante avec mes crocs, la menaçant d'une autre morsure.

Je la fis atteindre son apogée. Elle cria, sa chatte convulsant autour de ma bite alors que je rugissais de ma propre libération et que je lui parlais dans son esprit.

— *Mon petit lapin. Ma petite guerrière. À moi.*

* * *

La Fin

LIVRE GRATUIT

Obtenez un livre secret sur les Berserkers, Imprégnée par les Berserkers (seulement pour les extraordinaires fans de la liste d'emails de Lee) Pour commencer, rendez-vous ici…
https://geni.us/BredBerserkerFR

LA SAGA DES BERSERKERS

Vendue aux Berserkers
Unie aux Berserkers
Imprégnée par les Berserkers (disponible seulement pour les
extraordinaires fans se trouvant sur la liste d'envoi de Lee
https://geni.us/BredBerserkerFR)
Prise par les Berserkers
Donnée aux Berserkers
Revendiquée par les Berserkers
Sauvée par les Berserkers
Capturée par les Berserkers
Kidnappée par les Berserkers
Liée aux Berserkers
La Nuit des Berserkers

L'Héritage des Berserkers
Possédée par les Berserkers

Apprivoisée par les Berserkers
Maîtrisée par les Berserkers

LES GUERRIERS BERSERKERS

Ægir
Siebold

À PROPOS DE L'AUTEUR

Lee Savino a l'intention de conquérir le monde, mais la plupart du temps, elle n'arrive même pas à trouver ses clés ou son téléphone, alors elle préfère encore rester chez elle et écrire des romances smexy (smart + sexy). Elle adore le chocolat, passe sa vie en pantalon de yoga et porte les chapeaux comme personne.

Pour de bonnes tranches de rigolade, rejoignez son groupe sur Facebook en anglais, Goddess Group, ou rendez-vous sur **https://geni.us/BredBerserkerFR** pour vous inscrire à sa news-letter et recevoir un livre gratuit.

Site web : www.leesavino.com
Facebook Goddess Group :
https://www.facebook.com/groups/LeeSavino/

TOUJOURS PAR LEE SAVINO

Romance contemporaine

Bad Boy Royal

Je ne suis pas du tout en train de tomber amoureuse de mon arrogant et agaçant dieu du sexe de patron. Non. Absolument pas.

Royally Fake Fiancé

Le duc de Nouvelle-Arcadie a un problème d'image que seule une fiancée peut régler. Et je suis la petite veinarde qu'il a choisie pour jouer les Cendrillons.

La belle & les bûcherons

Après cette saison au camp des bûcherons, j'arrête complètement de baiser. Parce que : j'ai mes raisons.

Papa à moi

Mon héros marin sexy veut que je l'appelle « papa »...

Romance paranormale

La Saga des Berserkers

Vendue aux Berserkers

Rien ne pourra empêcher ces féroces guerriers de revendiquer leur compagne.

Alpha Bad Boys

Le Tentation de l'Alpha avec Renee Rose

Mon loup veut la marquer et en faire sa compagne, mais elle est humaine et délicate : elle ne survivrait pas à une morsure de métamorphe.

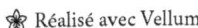